記憶的錯序

陳志堅 著

中華書局

三 有道而正在學之本

四

日影離散後再次相聚

五

風飄蕩時在記憶的盡頭

推薦序一

沂水舞雩，未離群者在記憶中傳承道藝

曾繁裕

盛夏裂空，影樹早發，人來人往之處盡是潮濕的陰影，把王家衛的話倒過來說，潮濕的都是記憶。

記憶有序，也無序，正值魯迅寫下《朝花夕拾》之歲，志堅讓記憶以文字的豐姿錯序，陳列故人舊地，延入願景：「莫春者，春服既成。冠者五六人，童子六七人，浴乎沂，風乎舞雩，詠而歸。」此〈論語・先進篇〉之語，在結集出現三次，定非偶然。如同張愛玲在〈論寫作〉的最後，讚許「文官執筆安天下，武將上馬定乾坤」帶着「思之令人淚落」的光潔秩序，一樣既模棱兩可，又引人心醉。

志堅往往是志堅，而不是陳志堅。待人接物之間，他總流露沒姓氏、沒棱角的溫柔和儒雅，身軀向內微斂而非外擴，即使穿戴名牌也標誌不顯，文字亦然。但，溫柔儒雅，不代表無意願，如宰我嫌「守喪三年」過久，孔子只無奈地說：「你心安便做吧！」然後向弟子責其不仁，並沒破口怒罵、以暴烈制暴烈。

愛深責切，志堅總不讓文字流於「為藝術而藝術」，師表之質在第一篇散文〈平常作怪〉已顯然，反思習慣、平常、忘記，引油漆工和廚子為譬，指向自身，其實意在大眾。接續兩篇更見華采，先是〈戀物狂不狂〉不否定「愈墮落愈快樂」，容許物質沉淪把人生贖回，後是〈替時間出脫〉以「大浪灣聽潮」起興，在終段與〈戀物狂不狂〉互文，讓讀者依稀發現，幾近成癮，源於時間作怪，唯以無限的心態對抗時間，方能化物慾的無涯為有涯。如此欲擒故蹤，必需先懷讀者連篇習讀、不作斷章取義的自信。當今之世，直白的道德價廉，甚至引人唾棄，若不如此藝高人大膽地迂迴說教，就不能抵達「見山還是山」之境。

在教育界征戰多年的志堅當然明白，禮樂崩壞，不應放棄、逃避，亦只能力挽狂瀾。或有質疑之時，不止輕嘆，也要提出。〈迷離教育〉的意味尤深，寫及女生去男多女少的迎生營可能蝕底、年輕男女皆極度流利且不羞澀地粗言穢語、上課時接聽電話、學生只為應試而狹隘地操卷和死記硬背……他說：「以往猶能明晰地辨證價值，現在好像沒有標準界線，模糊也迷離。」正當利己、故作開明的大多數人擁抱「後現代」和「功能主義」、乃至新一代教師也無法明辨而接受的同時，志堅溫厚地立下「迷離」二字，引人玄想。

迷離的背面，有他信奉的基督教精神，但他也只旁敲側擊地植入，引進經文（如〈哥林多後書4：8〉：「我們四面受敵，卻不被困住，心裏作難，卻不致失望。」）、化用經文（如〈花火的距離〉中的「我們是否把起初的愛心失落了？」源於〈啟示錄〉2章4節）、滲進生命見證（如〈以延長的方式喚你的名字〉：「對於有信仰的人，信心是未見之事的實底，無怪乎淑敏能如此樂觀地面對事情，這等情商也不是能輕易地言說的。」），即便摯親之名的屬靈深意，也不過隱晦地表達：「有人取名約皓，屬信仰意涵，在於天，是守神的約，在於地，乃明光照耀。」大概，認定為美好的事，就要更留心地做。

傳道授業，總需知所進退但有所持。在道之外，值得留意的是，志堅於港台流行字句淺白俚俗的散文之時，難得地持守美文傳統。所謂美文，熟悉余光中、董橋文字的人自會曉得，舉凡志堅的用詞（如「童騃」、「笑靨」、「散策」、「氤氳霎靆」、「魑魅魍魎」）、構句（如「渥然丹者為槁木，黝然黑者為星星」）、意境（如「棄置後過着透香的日子」、「以延長的方式喚你的名字」、「荒原的盡頭必然看見希望」等標題）、用典（如「就像平淡蓑煙裏的自由人」的句意取自蘇軾〈定風波〉），皆見清雅出塵，但不流於陳腐，適合納入教材。

箇中貼世之處既在於博集中外名家之言事，如余華、黎紫書、卡夫卡、谷崎潤一郎等（乃至林家謙的歌詞「一個人原來都可以盡興」也入文），亦在於不讓言辭架空內容。〈論語．學而篇〉有云：「巧言令色，鮮矣仁！」受業於黃繼持的仁者當然深諳（可參〈治學之本——憶二十多年前黃繼持教授《論語》課〉），不但如前述在字裏行間注入人文關懷，也讓人文關懷不失生活氣息，如〈雜物房的忍耐〉以匿名學校的小事跡，帶出教育之本在於謙卑，記錄充滿細節，使結末的口語反問，尤其有聲，而〈新名校演講記〉更見實事間的幽默，寓獵奇於反思，值得翻讀。

最後，回說記憶，志堅說：「我用書寫促使遺忘。」世界慘烈，宜存置然後出脫，不宜放大與執迷。或許，我們也可把《記憶的錯序》視作遊記閱讀，不單在於「日影離散後再次相聚」、「風飄蕩時在記憶的盡頭」這兩部分收錄他在日本、巴黎、深圳、悉尼等地的行腳，也在於人生羈旅之間，不只有教益方面，如也斯在《遊離的詩》所示，外遊可以觀照我城，但在城中閒晃，也可發現事物中的詩性，這詩性不只為觀照而存在，其存在本身帶着純粹的美，注視便足釋懷。

以書為記憶之法，《記憶的錯序》並沒有「錯」，或者記憶真的難以整理、排列，然而，柳暗花明，朝向美善的聖途終究是清晰的。

推薦序二

純真的白旗，以懺悔連結

——序陳志堅散文集《記憶的錯序》

劉偉成

志堅的散文，常予我欲語還休的「哽咽感」，彷彿有話哽在喉頭，不能直說，或不知該如何表達出來。前者大概因着身份，後者則為性情所致。這種「哽咽感」的效用不在於增加「亮眼度」，而是令作品不會掉入「霎眼嬌」的桎梏中。志堅似乎是在通過寫作尋找妥協的空間和分寸。誠然，在真正戰事鬥爭中，舉白旗需要無比勇氣，這不代表在日常生活中舉白旗是無傷大雅，甚至不用付出代價。林肯曾說過：「如要考驗一個人的品德，給他權力吧！」要一個有權力的人，在日常爭論中敢於舉白旗，須付出更大的尊嚴代價，需要的勇氣大概也不少。勇氣不只是用於舉白旗的一刻，更重要的是如何調校自己去接受妥協後的標準成為生活的常規，這對於一位矢志執教鞭擔當文化水平把關者的教育界高層來說，這才是最難面對的窘境。只是如果不妥協，自己不斷五內交煎，那以後如何才能尋回嚮往的寧謐？那麼，又怎可能再滋養自己的文學生命？

1、欲語還休的隱衷

散文集的開首篇〈平常作怪〉，便揭示了上述的內心爭鬥，作者似乎是刻意用平靜的筆調來突顯那生活日常的況味，如此「抹掉煙硝」反而更能對照出思慮之深刻和影響之深邃——作者將敘事鏡頭推遠至「油漆工」和「廚子」的故事，彷彿是與自己無干的事：

〔首段〕油漆工老早知道青花藍與尼羅藍的顏色不同，青花藍像天，尼羅藍像水，然而他還是繼續把不準確的油漆髹在牆壁上，從此以後，牆壁與四圍有種格格不入的調子。廚子捧起勺子，沒有掬出淡淡的清香，因為他把熬湯的時間減去兩小時，用以換取睡眠的時間，而湯也變得濃淡不宜。油漆工和廚子以往不是這樣的，可是，在不斷重複的新舊交接中，兩人不知不覺地形成了平常格局。

這令我想起小思的《彤雲箋》裏同名的「代序」文章，其中的「造紙師」很單純想將那抹彤雲紅霞留在地上。他一次又一次地嘗試，對於自然中那抹很薄很薄且豔而不俗的紅調，他絕不妥協。許多年過去，世人開始遺忘這名滿天下的造紙師，他還是沒有妥協，直至生命中最後一口咯血，成就了唯一的「彤雲箋」。小時候讀〈彤雲箋〉，甚為震撼，多年來一直提醒自己要順應感悟，要像「造紙師」那樣恪守本位，秉持真性，感通自然。當我讀到志堅筆下的「油漆工」和「廚子」所寫的「逆向諷喻」時，雖然未至於震撼，卻令我掉入深思。一直以為只要我停下來，不再只顧修煉自身向前猛衝，身旁風景也會停止後退，原來世道真的朝我們預想的相反方向發展，這樣似乎不盡然是後退……至少我體會到志堅其中一個「欲語還休」的原因就在於此「順逆本心的考量」，似乎這是每一個教育工作者都感到躊躇的骨節點：

〔末段〕當油漆工和廚子到達入而與之俱化的境界，生活自然不再起漣漪或波瀾，反正什麼也沒所謂，沒所謂珍視，也沒所謂保存，終其一生，只餘下平凡的瞬間，沒有過去，也沒有將來。……這根本就是許多人生命的共相。

當體味到文章中隱隱透現的「順逆本心的考量」時，我彷彿看到志堅舉起白旗，期望時間暫停，讓他可以調校自身的生命節奏，試圖成就新的平衡：「為了重新得着美滿的日子，我終於明白，原來人要真實地學曉享樂主義。享樂就是字面般純粹，直白般輕易，無論如何，總要把心之嚮往實踐出來，在日程裏誠懇地把享樂編排和分配，並時常拒絕眾生，似俗脫塵，做夢中夢，悟身外身。因為，如果沒有通透地學懂怎樣享樂，世界的魔力會不斷地將我們蠶食，雖有痛感，但我們卻仍舊會死命地再次回到自虐的狀態，才曉得原來這種惡性循環，從來沒有離開過。」（〈替時間出脫〉）所謂「享樂」，就是先放下內心執着，跟外界交往，那少不免會跟身外物產生牽絆，就像在文集第二篇〈戀物狂不狂〉中的真情剖白：

誰說超然物外，欲望就像繁複滂沱的雨，在人的頭上飄灑，在物換星移之際，我們又愛上了新的事物。戀物就像一頭夢獸，每夜咬牙切齒，流着長長的口水，伸手至空氣中企圖抓着無窮的欲念。……沉且我們要自以為比薛西弗斯幸福，因為精神意義早已耗盡，外物不知怎的竟成為我們的救贖。

作者在文末雖道豁出去繼續戀物的壯語，如真的可以拋開便不用嘮嘮叨叨地常掛嘴邊吟哦，故字裏還是隱隱感到背後有着一種「欲語還休」的吞吐，大概是顧慮自己身為教師戀物，在世人眼中顯得不夠「超脱」吧！原來志堅文章的「哽咽感」，一是來自首篇的「順逆本心的考量」，二是緣於第二篇所表現的「內外通合的平衡」。這兩篇文章疊合來讀，便彷彿看見志堅站在「十字路口」左右顧盼徬徨地尋找路向的身影。不知道志堅安排這兩篇文章置頂，是否為了標示文集所載的就是站在此十字路口上的所思所感？

總覺得這個「十字路口」，是志堅舉白旗的適當地點，在這裏白旗不是要向敵人「投降」，乞求妥協，而是象徵「純真」的旗號，提醒自己將「欲語還休」的哽咽變成時刻懺悔的提示。

2、十字路口的白旗

志堅的十字路口掙扎讓我想起印度詩哲泰戈爾於 1924 年到訪中國的影響，泰戈爾特別提醒五四運動後的中國知識分子，不要盲目崇拜所謂的強國的科學和機械，必須重視東方文明所倡導精神境界：

純粹的肉體支配是機械的，而現代的機器只不過是我們軀體的擴張，是我們手腳的延長和增加。現在的孩子對於這種代表異常物質力量的巨大身軀感到沾沾自喜，說「讓我擁有這個大玩具，不要受任何情感的打攪。」他並未認識到，這樣一來，我們就退回到洪荒年代去了。那時，巨大的身軀備受鍾愛，內在精神的自由卻沒有地位。……

物質至上的觀點已經非常陳舊。人類精神的顯現則是真正現代的：我站在人類精神一邊，因為我是現代的。我已經講過我是如何降生在一個具有反叛精神的家庭的，我的家庭相信內心理想是崇高的。如果你們要反對我，你們就反對吧。但我有權利進行革命：把精神自由的旗幟插上你們的神殿。你們的神祇，無非是物質力量和物質積累。[1]

——《泰戈爾談中國》

其實泰戈爾追求的精神價值，對於深愛中國文化，熱衷文藝創作，並作為中文科教師的志堅來說，應該是深有共鳴的，不然不會有集內

1　沈益洪編：《泰戈爾談中國》（杭州：浙江文藝出版社，2001），頁 7-8。

「有道而正在學之本」一輯的作品，其中〈治學之本——憶二十多年前黃繼持教授《論語》課〉對於中國儒學思想有精闢總結：

黃教授特別指出《論語》中「仁」與「知」（智）對舉，而「知」與「學」相關。「知」是理智之意，意謂學會判斷是非，明白事理。人要能知，也要存仁。仁是人最基本的感情，能愛人就是有仁心的表現，擴而充之，成為仁者，而仁乃人際關係中最完美的人群情態。宋明理學家對此發揮甚大，就是所謂精神的提升，仁是不斷超升的過程，所謂「其心三月不違仁」，是人的自覺、覺醒，從反省而後自覺，從覺醒到自我生命的意義。

這大概就是作為中文老師最想將之傳承的價值，只是大概受着許多環境限制，這些精神價值在傳遞上卻並不如想像順利，往往遇上許多使之打折扣的地方，包括官僚作風、潮流氛圍等，遂有同一輯內的〈迷離教育〉的反思：

你說迷離不迷離？整個高中學年都在作答舊試卷，寫作其實只在努力作答公開考試舊題目，不悶死才怪，至少發瘋。然而這種教學方式幾乎是香港中文教育的主流。主流如是，無怪乎大部分學生都是主流表現，主流程度，基於主流追求。怎說不迷離。至於另一途，被視為歧途，因而選擇這種教學的中文老師寥寥可數。

泰戈爾訪問中國期間，徐志摩是他的傳譯祕書，泰戈爾在中國的言論，激起了不少五四時期知識分子的攻訐，所以才有上面那番叫人儘管反對他，他還是要繼續革命的言論。徐志摩為泰戈爾寫下了不少申辯文章，徐更寫過〈泰山日出〉這篇散文詩來頌揚泰戈爾帶來的啟迪和影響。之後徐志摩也開始效法泰戈爾創作散文詩，《志摩的詩》壓卷便是三首散文詩，詩風一反往日優美一脈，變得悲壯。三首散文詩初發表於《晨報文學旬刊》第49號時冠以一個總題：「一首不成形的咒詛的懺悔的想望的」，我們不難想詩題最後三個形容詞分別指涉組詩中的三篇詩作，也就是說「咒詛的〈毒藥〉」、「懺悔的〈白旗〉」和「想望的〈嬰兒〉」，這其實已為解讀這組詩下了註腳。徐所說的「毒藥」，並不是什麼邪佞之物，而是「真理」：「真理是在我的話裏雖則我的話像是毒藥，真理是永遠不含糊的雖則我的話裏彷彿有兩頭蛇的舌，蠍子的尾尖，蜈蚣的觸鬚；只因為我的心充滿比毒藥更強烈，比咒詛更狠毒，比火焰更猖狂，比死更深奧的不忍心與憐憫心與愛心，所以我說的話是毒性的，咒詛的，燎灼的，虛無的」真理令他產生與世道相違的認知，而不能融入世道的痛苦是深刻難熬的，所以才會說真理是「毒藥」。讀志堅這本文集，可幸挫折只令他表現出「欲語還休」的無奈，還未至於帶來巨大的痛苦，但可感到他的心眼因而變得明亮，可讓他在迷離的環境中看清自己的心之所向：

世界在變我也是，只消看那裏才是命運的交界，讓世界與我，我與世界找到最理想的居庭，如果可以，我自覺非常願意旅居世界各地，在不同的國度體會風情，看看自己將會帶來怎樣的情緒幻化。所以，這正正就是好好細嚼自己本意的時候了，我要叩問自己的靈魂，無論身處什麼地方或境地，再次了解自己為了什麼情緒和想像活着，尋找生命歸屬之地，和那真正屬於自己，那永恆的國度。

——〈瞬間看地球〉

如果徐志摩的〈毒藥〉是記抵禦外在黑夜的痛苦，那麼〈白旗〉便是在充滿折射扭曲的回望中，尋覓未被污染的純真。詩人呼籲人舉起白旗向青天，顯然不是要投降，而是呼籲大家收起鬥爭的心，不要讓這些雜念污染純真的心：「仰看着你們頭頂的青天，不轉瞬的，恐惶的，像看着你們自己的靈魂一樣」這個呼籲跟泰戈爾來華所倡的復興「個人性靈修為的東方精神文明而達至天人和諧境界」的主張如出一轍。而這個境界大概就是上面引文中所指的「永恆的國度」。志堅是基督徒，所以他筆下常出現對「永恆」的渴望，例如〈記憶的錯序〉是如此收結：

她告訴我，欲望是簡單的，快樂卻是複雜的。我卻說，原來在每個人心裏都活着一座城。無論是在怎樣的城裏活着，假如要欲望一座城市，只有一件事是永恆的：就是記憶的錯序，妳以為記憶沒有把妳欺騙，其實根本已錯綜複雜，錯序的從前，一如疏落亂葬的墓碣。而終有一天，每個人都會走進其中，尋找屬於自己的碑石。妳，或者我們，仍然相信復得返自然嗎？

像這樣的「懺悔」，在這本文集中是不時出現的，和徐志摩一樣，「懺悔」是一個「淨化過程」，可讓內心不再因回望自己折射扭曲的心象而騷動，得以回復內在的平寧。只是〈白旗〉中的懺悔觸發的淨化過程，要比志堅來得暴烈和激越：「讓嚎慟的雷霆震醒了的天性懺悔，默默的懺悔，悠久的懺悔，沉徹的懺悔，像冷峭的星光照落在一個寂寞的山谷裏，像一個黑衣的尼僧匐伏在一座金漆的神龕前；……」愈是純真的心靈，面對愈是嚴重的污染，懺悔起來便愈給愧疚煎熬而痛苦……我不知道志堅的內心還保有多少純真，但他筆下記錄之懺悔算不上激烈，主要原因是他面對的外在污染不及徐那時嚴酷。反過來看，外在污染不夠嚴酷，便需要更多的自主性才能驅動懺悔的淨化程序。

3、連結懺悔的球莖

在這本集子裏，你會不時讀到志堅常會爭取寧靜的時光，例如把握候車候船的時間，或在咖啡室獨處的時光。在寧謐的時光，是志堅啟動「懺悔」程序的時機，他會感受到宇宙早有主宰，自己嘗試去順應和感悟，所以他會承認自己工作狂，貪婪，怠惰……窒礙了他的感應。他的懺悔雖不如徐志摩暴烈，但我想啟動的頻率該較徐為多。老實說，集子裏這些懺悔內容，有點像牧師的宣道口吻，略嫌戒條化和說教，但這壓根底就是一位敢於以心中的一片純白為旗號的教育工作者的內心剖白：

我們雖不至於互舐傷痕以作慰藉，然而長久的暴烈終抵不住存心的溫柔。在永恆無法預測的世界裏，有時，也得張開雙臂，擁抱微塵，接受微光，沒有永遠乾淨無比的城市，沒有永恆祥和不息的安穩。就在我們身體受累，心靈受傷，四面包圍之時，認真地當一個離群者，輕輕逃脫，走進個人專屬的時間和空間。然後，在意料不及的狀態下，原來世界早有主宰，雖然四面楚歌，以為無處逃生，神卻能把人從中間輕輕地抽出來，然後安置在容身之處，開始靜聽晚風，靜候晚雲的新生活。

——〈輕輕逃脫〉

不能否認，平均地在日常生活中散佈這些不激烈的「懺悔」，然後不時舉白旗提示自己暫停作懺悔，按這些小懺悔修正前進的方向，較之受到重大打擊才礙於形勢進行，更能讓人有效抵禦時代的考驗。

在德勒茲（Gilles Deleuze）和伽塔利（Feli Guattari）合著的《千高原》（A Thousand Plateaus）中的導論指出人類的認知體統，在資訊年代，已由以往的「根樹型態」（Root-Tree Form）變成「球莖型態」（Rhizome Form），此論點影響深遠，可說是改易了過去學習思考模式的前設。英語中甚至出現了「Rhizomed」（球莖化）這個詞彙。球莖型態，較之根樹型態，靈活度更高，包容性更廣，以往研究者會尋找適當的位置「種樹」，期望該門研究會長出粗壯樹幹，再分出擴闊樹冠；現在隨着資訊網絡的發達，每人都可在自己有興趣的土壤裏默默耕耘，結出不同的球莖。這些球莖雖然不及大樹幹那樣顯明矚目，但當這些球莖以鬚根連結起來，覆蓋的範圍絕對較根樹樹冠覆蓋的範圍要廣闊得多。

之所以提出這兩個認知體統的型態，乃由於這本文集讓我感到這兩種型態在相互交織，這可能是志堅也沒有特別意會到的。由於信仰的緣故，志堅所盼望的「永恆國度」便相當於「大樹幹」的價值觀，是存在於泥土表面，供人仰望的；而作者平常的「懺悔」就像許多的「小球莖」，這本散文集就是這些球莖連結起來的「心底網絡」。這本文集的出版對作者的意義更大，讓他可體會到兩種觀照方式其實並不矛盾，可相輔相乘。如此才更易成就此文集最後一篇文章收結處的立願：「這正正就是好好細嚼自己本意的時候了，我要叩問自己的靈魂，無論身處什麼地方或境地，再次了解自己為了什麼情緒和想像活着，尋找生命歸屬之地，和那真正屬於自己，那永恆的國度。」（〈瞬間看地球〉）相信這樣可大大減低徐志摩最後一首散文詩〈嬰兒〉中所描述的孕婦大陣痛的煎熬，可以輕鬆地誕下自己想望中的嬰兒：「她抵拼繃斷她統體的纖微，她要贖出在她那胎宮裏動盪着的生命，在她一個完全，美麗的嬰兒出世的盼望中，最銳利，最沉酣的痛感逼成了最銳利最沉酣的快感……」。

如果一個高原，只有球莖伸出來的草葉，一眼望去，沒有多少高低起伏，那大概不會令人心生驚豔之效——須配上巍峨的樹幹，寬廣的樹冠，才能吸引目光轉向，就像宮崎駿描劃的「天空之城」，中心有大樹，四周是綠茵草皮，我認為這才是這部散文集真正有助增加「亮眼度」的部署。期望志堅設計的高台，他日會升上更高的層次，甚至突入雲際，成其所謂的「永恆國度」。

rosie
marks
08.17-10.19
9 780957 077874 >
Reebok
$1400

一

沒有生活在荒原的居所

平常作怪

所有事情都會習慣，但不都是可靠的。

後來，沒有了絕對的記憶，因為我們已故意把正確的事實忘記。油漆工老早知道青花藍與尼羅藍的顏色不同，青花藍像天，尼羅藍像水，然而他還是繼續把不準確的油漆髹在牆壁上，從此以後，牆壁與四圍有種格格不入的調子。廚子捧起勺子，沒有掬出淡淡的清香，因為他把熬湯的時間減去兩小時，用以換取睡眠的時間，而湯也變得濃淡不宜。油漆工和廚子以往不是這樣的，可是，在不斷重複的新舊交接中，兩人不知不覺地形成了平常格局。當有人告訴油漆工和廚子質素比以往變異了，已不如以往般水準，他們兩人不約而同地說：「什麼變異？我不感問題，一直都是這樣。」其實一直都不是這樣，而是沉澱在無色無味下，「平常」在作怪，怪而不覺。油漆工和廚子由始至終不是不懂得牆身的顏色和清湯的味道，只是已沒有如以往般在意。希伯來書說，恐怕在我們隨流失去的日子裏，油漆工和廚子對油漆的工序和烹調的方法變得十分模糊，更可以說在不知什麼時間開始沒有再牽出工作意義，真假對錯亦已拋諸腦後，不再在乎顏色的誤差和味道如何濃淡不宜。

因為「平常」，我們忘記。忘記是所有問題的根源。油漆工在工作早年時對顏色特別執着，顏色預表了不同的美學，有時選擇白色，因為簡單是生活的主調；如果選擇灰色，是為呈現生活態度。後來由於客人要求的色調愈來愈仔細，他開始沒有心思處理一個個想法，更受不了吹毛求疵的人，都是不可理喻的訴求。有一刻，他要令自己相信顏色並非家居的靈魂，好歹也只不過是相類的色調，所以，他徹底把原有的執着放低，不再堅持最初的想法。而那位廚子每天都在工作場所為客人煮食，重複的動作和氣味，慢慢自然產生了慣性，久而久之，有股莫名的厭煩令他不再喜歡煮食。回到家裏，廚子更沒有體力再煮一頓精緻的晚飯，也沒有心情再熬一壺湯，於是，家人良久沒有嚐過廚子熬湯的味道，而廚子也忘了當初太太是因為他的湯而嫁給他的。慶幸的是，廚子仍然會自我安慰，告訴自己和家人雖然仍未歷經生離，惟盼望在死別之前，再熬一碗美味濃湯，作為死前最浪漫的道別。

習慣不像一頭慓悍的貓，更像一尾不愛蠕動的彈塗魚，分明是耽溺於已有的現狀。以色列的先祖不是這樣嗎？縱然不論及嗎哪還是磐石的水，早晚抬頭瞥見雲柱和火柱已是不爭的事實，可是，因慣性的凝視而產生了種種淡忘的感覺，促使以色列人在本質上把奇蹟看作平常。平常的可怕。不是嗎？學習者天天翻閱英文課業，會計師每天懊惱計算數字，太太每天受夠丈夫的醜相，才發現，丈夫的樣子什麼時候如同一堆英文亂碼，又如同一堆苦悶數字，就算那不知名品種的小狗的臉也比丈夫來得好看。原來，在人生的軌跡裏，原有的各種真實必須失去，沒有人能輕易憑持。

什麼事情最熬人心智？對讀書人來説顯然是攻讀博士學位。一次會議，有位退休大教授問我為什麼花錢讀博士學位，為什麼要做傻事。書本可自由地讀，錢可用來買房旅遊，為什麼花錢換銜頭，沒用的銜頭。我聽後以為説得真對，一連幾天翻來覆去就在思考為什麼做傻事攻讀博士學位，結論是我也不知道。這種學位，全時間讀三年，半工讀一晃多年如我，日子不短。而且好些時候不止四年，曾聽説有人讀了九年，費了八分之一的人生，仍掛着博士生的名義在苟延殘喘，其實九年裏大多沒有在讀，惱人的工作，疲累的身體，什麼時候在疲憊至極的身子拖沓下，仍有餘力跑往圖書館查找資料，論文一篇篇地啃，研究苦哈哈地做，沒有。就是這樣平白無常，自由流逝，除了在交學費時短暫地如喝一杯苦艾酒，怨恨自己拖延成症，其實平日根本地沒有痛感，不當一回事。平常就是這樣把許多事情擱置。

所以說，當油漆工和廚子到達入而與之俱化的境界，生活自然不再起漣漪或波瀾，反正什麼也沒所謂，沒所謂珍視，也沒所謂保存，終其一生，只餘下平凡的瞬間，沒有過去，也沒有將來。油漆工和廚子在餘下的日子裏常常不住反問別人，不是忙碌了大半生嗎？仍不足夠嗎？視作等閒又如何？從此，油漆工和廚子的終局好像徹底地形成。於是，沒有人再有閒情來責怪油漆工和廚子，因為身邊人開始在自己的身上意識到他們的特質，原來自己根本也是平凡一族，還是，這根本就是許多人生命的共相。

戀物狂不狂

誰說超然物外，慾望就像繁複滂沱的雨，在人的頭上飄灑，在物換星移之際，我們又愛上了新的事物。戀物就像一頭夢獸，每夜咬牙切齒，流着長長的口水，伸手至空氣中企圖抓着無窮的欲念。有形的物放不開，無形的藝術更不能錯過。愛欲是所有人畢生的志業，庸人愛財，拼死維活，有時出賣身邊的人也顧不得，皆因視財如命。但有些人不愛財，那愛什麼？作家愛文字，畫家愛畫作，他們清高，絕不愛名，但不知何以很愛展示；他們隱藏，也不愛利，但不知何以很愛獎項。其實各人有各自的喜愛，人人皆愛，誰說不愛。

在仍然單純稚拙的年代，我們沒有想過什麼是失去和必須失去的，簡單純淨的日子輕易獲得滿足，也似乎是理所當然的。小孩不笨，沒有這樣東西，那就要別的，縱然得不到，哭鬧一場又歡天喜地了。直至長大成人，有了自己的生活，我們便開始尋找一直沒法滿足的從前，想盡辦法要把缺了生活張力的回憶填補，於是，我們就替自己虛擬各種理由，基於有些東西一定要獲得，用以解釋彌補失去的意義。一件件東西終於買了回來，猶如人影永遠黏着身體，從前暫時未得着，現在卻不應隨便錯失。可以說，這種自作多情盡力挽回的慾望，純粹源於未曾擁有，未曾擁有而能擁有，其實只是一種童趣想願的恢復。這些年來，不懂是誰下了魔咒，我就這樣把童年渴想的聖鬪士星矢模型一隻一隻買回來了，買回來後，還企圖置於家中當眼處，來裝飾曾經擁有的夢。戀物是永不止息的。又在好些年前，一次偶然，在新加坡瞥見中學學姊穿着重新復刻的 Jordan 第十一代球鞋，戀物病再次發作，於是承諾自己總有天必須擁有一雙，然後，在球鞋不停地復刻生產的過程中，一次再次為了滿足少年青夢，錯置的藉口已不再成為理由，鞋一雙接一雙地買回來，且放置在本來已塞滿了的新置鞋櫃裏。

真是靠譜，愈墮落愈快樂。但我不是不知道，慾望就像卡路里，在不知不覺間會愈積愈多。所以要懂得把慾望止住。但有些人卻不以為然，對於慾望毫無防範，如果有時慾望超出負荷，便會自行美其名，開出好些自我實現的理由來，臆想呈現某種獨有個性與品味的態度，其實只在追逐昂貴手錶和罕有紅酒，名利早已嵌入記憶裏，就在那舉手看時間之際，或在提杯輕搖品酒之間，一次再次在眾多享譽的微醺中，展現那屬於別人塑造給自己的角色，就像溜簷下必會遍地響聲，而站在簷下的人裝出避雨中的尷尬，其實只在享受和滿足雨聲此起彼落又如何清脆地進入耳窩。可以說，戀物其實在自戀。甚而，有些力不能勝的人，慾望不斷擴張至遍體鱗傷，外物已慣性地沒法處置，但卻仍舊要買新的，當你看看衣櫥裏沒有動搖過沒有穿搭過的新衣服，加上好些日子沒有孭起過的背包，那不是錯，也沒有因浪費而產生的傷感，只好怪時髦廣告的力度太大，誰人能抵受得住，稍不留神才導致意志力短期萎謝，我們只要告訴自己：戀物何干？犯不着大聲疾呼，只要不是錯戀外物，可以說，衣服與背包總有用得着的一刻。

當然，我不認為所有人都這樣看戀物，尤其是住在城市裏的人，在對抗蒼白和懸空的世局，若不是已經過度消翳，有時，愛戀外物倒像帶有喚起靈魂意志，恢復精神狀態的作用。若愛戀外物之心調校得宜，雖不至於療癒心靈，然而，不知何故，有時在心情萎靡之際，外物竟然有着還魂丹的功效，就像一下子把囚枷於暗域的靈魂巧奪回來。我能想像手背輕托下顎的張愛玲，沉醉於一襲華麗的袍服；斜睨着目光叼着香煙的卡繆，一副天才橫溢的樣子，他們都是物有所戀的，且戀得合宜，不單呈現美態，更在自我的精神角落裏能借外物掙脫世俗。當你因身邊的壞蛋所說的話氣結了一整個下午，本以為能把這番無法吞下的話向身邊人傾訴，甚至尋找輔導學專家作自我開解，豈不知道這襲華美的袍服和那根純煉的香煙，原來比起這荒謬的世界更加療癒。

只可以說，物慾是深黛的宇宙藏在微小的瓦罌裏，我們都心甘情願地一次再次在其中迷醉。我們都在戀物，且在無聲無息之中，因為生活已夠苦，就算浪費了錢財，總比起薛西弗斯每天推着石頭上山下山來得快樂。然而，我們要想像薛西弗斯是快樂的，至少下山時的斜陽醉人，幸福一瞬，仍要珍視。況且我們要自以為比薛西弗斯幸福，因為精神意義早已耗盡，外物不知怎的竟成為我們的救贖。

又回到藝術裏，對於藝術家而言，有形的物尚且放不開，無形的藝術換來的優越感更放不過，人之常情。那就由他吧！你管他人愛什麼，誰人俗套，誰人內斂，都是卡路里式的生活。啊！又下起雨了，在繁複滂沱的雨裏，人在鬧彆扭，而唯一能解咒的方程，幸福的我發現又一個簇新的模型再次量產，又一雙罕有的球鞋再次復刻，我又開始另一場追逐，再替戀物狂冠以美其名的理由。

替時間出脫

在大浪灣聽潮仍然是我最渴想的存在方式。黃昏坐在灘上細嚼海的鹽味，看浪翻過另一片浪然後吐出白沫，直至海風打翻地蓆，灘上已沒有多少人逗留，那就是離開的時候了。然而在離開之前，我肯定曾經對自己說過要很快再回來，日落之那邊映照着暗昧的虹影固然是種誘惑，離開一瞬向海作了日劇式的嘶叫，更確定了自己珍視面前如寧隱般的環境。然而，在尋常不過的日子裏，我終究沒有想起要回去，更不要說到底有否兌現對自己的諾言。

我把所有和自己的失約歸咎於「時間問題」。我一直不願意承認工作堆積是源自過度追求，只消在工作上賦予某種意義和價值，工作的本質仍然是討喜的。你說不是嗎？怎樣的價值將會形成怎樣的經歷，就像要求人有美感一樣，必先替人準備各種美學。故此，在各種價值和意義面前，彷彿應將所有日子排序整理，將工作視為滿足生命經歷的標誌。不知什麼時候開始，日程是否填滿慢慢成了自我約定，就像排格子般，總得把格子填滿各類事情才可算數。其實時間（Time）是相對的。基於時間延滯（Time dilation），我誤以為自己的時間較其他人多。而因為羅倫茲收縮（Lorentz contraction）現象，空間隨着我的速度而改變，我也以為自己比起其他人有較多的空間，其實空間（Space）也是相對的。對於物理學的認知，幻化成生活上對時空的誤判，然而，我是甘心樂意地這樣認為的。

我知道這是某程度的放任和自虐，在理應休息或玩樂的日子，我還是沒有心情或餘暇，心中總惦念着那些沒完沒了的工作，而事實上在一直添加新循環的狀態下，日子也沒有見好。自虐的本質是痛苦，有人傷害身體，造成表面傷痕；有人快樂暴食，換來皮下脂肪；有人以工作自困，結果精神萎靡。問題在於為何要自虐，這顯然是基於使人更窘困的狀態無法得到正視，人才會以某種痛苦來取代另一種，就像兩害取其輕。對於旁人來說，這是完全變態，比物種進化更難理解，然而對於當事人來說，這不但是理所當然的，且必須要被理解。

終於，死命的疲勞轟炸，也將要付上代價。那刻在床上奄奄一息，酥軟的身軀攤着，輕若隨時飄飛的木棉絮，突如其來病懨懨的軀骸，就連呼吸也感乏力，氣若游絲，卻咳嗽不斷，心裏不但沒有為自己過度操勞而自省，反過來只在自憐自恨，又怨天尤人，以為説着病塌囈語，其實只是些憤懣的言詞。現在看來，或者可以説，這根本是咎由自取，事情從來都像滋生的細菌般沒有好好處理，且在不住發酵，最終就連抗生素也完全沒有果效。在凌晨夜寐之時，終於，平生第一次想起了大浪灣的海潮。

經過這樣一次又一次的生命輪轉，一下子才想起曾對自己許下的諾言原來多的是。我曾一股勁兒以為自己會在三個月內寫成一部長篇小說，實情是三年內不曾開始執筆成書；我曾經以為一年內可學曉彈奏結他，可最終就連結他也沒提起過；直至孩子開始了第一堂日語課，才想起學好日語原來也是自己重要的想願。日子失重，有次在晚上工作時，端出一個合味道杯麵，撥開湯麵上的蔥蒜，才發現，原來違背自己就如隨便撥開湯麵上的蔥蒜般輕易。從沒有料到工作竟成了謊言的藉口，在後真相時代不必坊眾肆意地堆砌空話，也不必曝曬在演算法的精妙推演，自己原來就是虛言的主人，更可以由衷地說，自己就是自己的剝削者。

為了重新得着美滿的日子，我終於明白，原來人要真實地學曉享樂主義。享樂就是字面般純粹，直白般輕易，無論如何，總要把心之嚮往實踐出來，在日程裏誠懇地把享樂編排和分配，並時常拒絕眾生，似俗脫塵，做夢中夢，悟身外身。因為，如果沒有通透地學懂怎樣享樂，世界的魔力會不斷地將我們蠶食，雖有痛感，但我們卻仍舊會死命地再次回到自虐的狀態，才曉得原來這種惡性循環，從來沒有離開過。故此，我要嘗試脫離肉身，讓自己再以各種形狀出現，甚至成為氣泡，在面對世上各樣荒謬和存在時，再次飄飛至任何地方，挑起生活中的奇異想法和癮頭，做着各樣快慰的事，既沒有年紀設限，也不因身體所損，或上一趟山，或跑一轉馬拉松，縱然只在大浪灣海邊聽風的歌，也總算是自由的美好體驗。

於是，我開始了各種重新處置時間的可能，例如，開始重新學起中國書法來，其中替學校源活齋寫了牌匾；也開始了長跑運動，早前才第一次完成十公里跑；還有守候我多時的各類模型，終於重拾從前的樂趣，文友偉成懂我。後來，模型處處，球鞋塞滿，以為是到達成癮的地步，於是，才有了〈戀物狂不狂〉的想像。而大浪灣海潮沒有因我的延遲而停滯，海潮仍舊是如常地翻騰，縱然這期間我也經歷了起死回生的進程，海潮仍然有自己的時間，因為向前不退就是時間的本質，從來不看你的臉子。我也學懂了窺探時間的弱點，不要以為時間正在消亡，心態正是對抗時間的關鍵，且更可以成為時間旅人，在旅途上與時間並肩。

生命如樂園

「世界上沒有一條道路是重複的，也沒有一個人生是可代替的。」——余華《活着》

樂園是提供快樂的場所，肆無忌憚的歡聲，就像存有某種自我療癒的功效。瞬間變幻成了永恆跫音，彷彿短暫停駐又躊躇，可以把一切的愁煩徹底遺忘。

我們都活在樂園裏，樂園中有各種我們認為不可忽視的快樂。而快樂的方式很變幻，甚或魔幻，沒有既定風格，也不能完全被掌握，因為各種人有着各種想像和期許，如果單純地只存有一種快樂，那就違背了樂園的意義。在群像亂舞下，有人樂不思蜀，有人意亂情迷，有些人刻意離群，拒絕眾生，自得其樂。但無論如何，沒有人能逃離樂園的視域，只要在生命的結構中，所有人都是客旅，也是常客。

我聽說有人特別喜愛玩過山車，瘋癲程度無人能及，除了慣常的場域，甚而要在世界各地尋找更駭人所聞的過山車之旅。一般來說，過山車挺過蔚藍的天空和嫩綠的草坡，急升、墜落、迴旋、穿越再衝上，所以，玩過山車的人會上癮，長久地處於刺激之中，才能真正感受到生命的亢奮狀態，如每天暴升暴跌的股市，存乎其中，如坐針氈，有時被針刺痛，有時以針療傷。簡單來說，時危顛躓，起伏依然，痛楚、平復、痛快，如此可以忘掉憂愁，沉溺觸感，終有天能忘卻人生。而我這種沒膽量的人，每次進入樂園，過山車必然與我無涉。曾經和中學生在樂園裏，看見年紀輕輕的學生爭玩過山車，竟然還有中年好漢也如此般迷醉，爭先恐後，刺激衝上腦袋，眾聲喧嘩。學生無一不取笑我貪生怕死，真奇怪。然而，我幾乎可以肯定，刺激是沒有年齡限制的，膽敢一試總比無膽匪類好，而我只裝作若無其事。

年少時友人告訴我，樂園中最使人驚懼的不是過山車，而是海盜船。每當人魚貫地上船，就像遁入命中注定的擺盪之中。從船外視角，瞥着船左右擺動如自我催眠的鐘，船上的人揚手張口，重複地搖晃身體，仰後又俯前，任意擺盪造成刺激感亦帶來自虐，猶如卡夫卡《審判》中被毆打手虐打的法蘭茲，想要逃離，卻又不敢，就像不斷在自虐中尋找快樂。的確，慣性沉溺於相同的節奏中，我們無可避免地接受自己原來已落入懸浮狀態，放任於浮床，聽命於擺盪，就連自虐或被虐也是命定中的，而沒打算查問自己原來可怎樣自主，怎樣自覺。有些人甚而在今生今世徹底地失去自我的身份，就讓一切隨風又隨俗，只要保持擺盪，就有了擺盪的感覺，而搖晃意味着仍有被關注的價值，因而在某程度上仍能產生一些滿足。這是可憐的過程，但有些人就是這樣活着，尤其活在愛情年輪中的人。其實有時需要停下來，替生活添加調味，增加潤滑，重新奪回生活的自主，畢竟人隨船擺，船不脫軌不能說就是福氣。

不過，我想他日年長時，我會愛上纜車，但不是現在。纜車中的自若，有些人或許產生大地在我腳下的快感，我倒以為雲淡風輕，有時纜車靠山，果有「少無適俗韻，性本愛丘山」的雅尚。甫進車廂，纜車車身隨即衝前，闖入一片寧謐，幻入勝景，沒有刺激，也不翻來覆去，活在氣泡中呼吸剩餘，如吐納晨昏般詩化般存有。纜車本來就是一條不歸路，沒有中途站，不准調頭，無法易轉，平順的前進沒有留下註腳，只消四圍觀看，看群島浮華，青山綠水，直在命定中的軌跡上循着沒有變調地宿命前行。然而，心之遠慮時常困擾於當下，好幾次乘坐纜車不但沒有舒懷，就是因為它本閒散，坐在纜車為異客，竟有份不捨遠離的憂情油然而生，尤其在纜車之旅的後段，總有股「羈鳥戀舊林」的觸動，本是復得返自然，最終竟要回到樊籠的茫然裏。

而要說到喜歡，我是喜歡摩天輪的，就是人家說女兒家最喜歡的玩意。歲月在體內流轉，一次又一次的重來，人說這裏最幸福。誰最喜歡摩天輪，一定是情侶。如果兩個人同時存於共有空間，完全隔絕其他人進入的可能，這種私密不純粹是物理上的，更甚於精神上的無可掠奪，故此，人說終其一生，無論高低起跌，最重要是尋得靈魂伴侶，大概就是這種意思。而若在摩天輪內發生一些意想不到的浪漫事，唯美如喝醉，更使人終生難忘，這愛情的漿糊。如果一群人就很不同了，就像另一組遺忘曲線，沒有意亂情迷，隨意地一下子忘記，也談不上滿足，歡聚就是這樣瞬間的觸碰如經歷高低變化，又相忘於天空之下。但如果自己獨佔摩天輪又另作別論，一個人的確可以盡興。人在不知不覺中自我認定，在迴環往復中自我追逐，猶如看着髮廊外一直轉動的光管，終結預表開始，沒有永遠的低沉，有刻總會升高，這種永恆不變的魔法十分詭異，如獨釣寒江雪的快樂，看似是盡頭，其實是一次又一次的生命蛻變。

道路無法重複，人生不可違逆，在生命的樂園裏本來就不怎樣安分，沒有既定的時鐘，在分針和秒針之間款擺還是飄落，只可以說，人的目的就是要在其中找到無可取替的快樂。然而，快樂沒有必然，寂寞幾可肯定，在這個紙醉金迷的世間，任般咧嘴而笑，也只不過是寂寞的表象，錯縱的虛情。由始至終，樂園只是聚集了一群短暫逃離的過客，說穿了亦只不過是節奏失序的離群者，在還原生命的本質前，能任意地喧囂與放縱，豈不知道原來樂園根本沒有所謂入口和出口，什麼時間扮演遊客，什麼時候飾演小丑，從來無法說得準。除非有人能認清來時路，老早洞徹從什麼地方來，最終也會往什麼地方去，揮一揮衣袖，放下執着，才能真正找到個人專屬的快樂。

引擎聲什麼時候再次響起

不知什麼時候開始，每當聽見船的引擎聲，就會想起海邊的卡夫卡。

海潮聲拍岸，風吹過像沾了鹽巴，空氣凝斂，我就這樣坐在深涌碼頭，等候船開動引擎。船泊岸已有一小時，似乎沒有在預定時間裏再次開動的意圖。我也只能待着看海，一個人發着自己的呆，而我又不是第一次有這種經驗。在這種狀態下，我想起有次和朋友聚會，聚會不是我的意願，他們說我一定要來，而且不可遲到，也不能早退。於是，在聚會前一星期，開始焦躁不安，如果說身體有沒在證明自己，只可以說心悸成了日常，雖不至於冒汗或失眠，但每次想起聚會即將來臨，恨不得立時跳過聚會那個日子，縱然幾天成了生命中剩餘的空白也沒相干，反正快樂的種子老早栽種在聚會以後。我就這樣再次想起聚會完結的歡聲，那個深涌船家還不知所蹤，但我喜歡船家延遲，延遲帶來空間，這是時間內的自由空間意識。如今，這裏岑寂得如沒有飄浮的微塵，只有陽光照射的熱度，這片溫和的光。而我就像在一人之境內沒完沒了地徘徊着，起初有種暗鈍之苦一直在身體內發動着，如今卻逐漸地安穩下來。

村上春樹是我最喜歡的作家，認識我的人都知道。《海邊的卡夫卡》有：「從關掉引擎到重點發動一次之間的空白，讓你的心感到非常悲哀。那空白像從海上飄來的霧一般飄進你心裏去，長久留在你心裏，而且終於成為你的一部分。」未有發動的船，空白的霧，和已經飄散的思緒，我逐漸把這次行程視為一次求索之旅。自那次聚會後，我已沒有打算再次混入人群裏，我愈來愈發覺人群根本就是一張夢網，夢網把人的思緒困囿着，人在其中輕易地被誘騙，然後不自覺地跟隨，就像浮光微塵般懸在空中浮沉，卻完全無法踏實在地上，亦不懂自己最終將飄往什麼居處。如今眼前除了一片平靜的海，沒有人，就連一頭慵懶的狗也沒有，我不是說這就是種過分愜意的狀態，但這終究是在生活的蒼白之中逃離了。在空白的海域裏，依稀體會到真實的自己如何存有，就像汪洋中的一條船，可隨便又自由地飄蕩着。

我曾經懷疑自己是不是有社交恐懼症，那麼社恐是怎樣的狀態？有時口吃，有時快速說話。甚而有飲食障礙，減少進食其實是為了減少進食時的動作，以避免引起注意。社恐的人害怕成為關注，羞於人前，也迴避人群。我不知道這是怎樣形成的症狀？聽聞是腦部所傳遞的物質失衡所致，多巴胺過少，血清素過度敏銳，杏仁體過度活躍，這一系列的科學名詞。然而，若說我是人群恐懼症，倒不如說是自我放逐。就像寫作的人，有時坐上整個下午，一個字也沒有寫出來，倒不如直接抽離這文字乏力的狀態。但生活就是如此磨人，有些事情總要搞到三番四次又翻來覆去，最終卻仍然無法滿意。這段日子最常處理那些稱為行政的工作，所謂行政工作就是與本來專業不相干的事，但所費之時可以是好幾倍，例如處理文件、開那沒完沒了的會議，或處理一些糾紛，可以說，一兩個星期就此過去，頗有谷崎潤一郎《陰翳禮讚》所說：「擔心在這樣的房間裏，忘卻時光荏苒，不知不覺中歲月流逝，出來時已白髮蒼蒼。」我不是說這些工作沒有意義，只要可視為工作的，本質上都是有意義的。然而，若沒有驚人意志，這些工作到底不容易分解。就在此刻，我選擇了深涌，一來是這裏除了有種遺世獨立的好處，卻又輕易可與外界相勾連，從企嶺下老圍走至水浪窩，經過綿長的斜路，然後是好一段更長的平坦路，不要小看這段斜路，正當你體力不繼時，走在回頭路上，一大段上斜之路實叫人苦不堪言。然後，拐過榕樹澳，就是深涌碼頭和大草地。沿途有豆腐花，來記士多是必須的中途站。最終到達荔枝莊，大概就是一天的旅程。很多日子都在深涌大草地度過，坐着看雲，雲沒有動，人也沒有走動的企圖，就這樣經過了充滿意義的一天。在遠近不定的考量裏，抽離的狀態仍是最優越的選擇，靈魂也最自在，只是人終究無法全然隱藏，我知道縱然我不將世界放在眼內，世界總會肆意地把我召回來。

許多時候，回想曾經或即將面對的日子，完全就是口裏不停嚼食腐葉的味道。一方面嗅着剩餘的香氣，卻任憑苦澀的味道充滿口腔，人就是這般容易受自己的欺騙。是不是無法放下手上的東西，日子過度蒼白卻仍舊要撐下去，像一個在掏百年古井的工人，明知沒有了熱情，還是繼續不眠不休地掏下去，甚而比起薛西弗斯的日子更加可悲。於是，在深涌靜候船的引擎再次發動之際，在空白的瞬間，我感到就這般如此下去的可怕，無論是社交恐懼還是自我放逐，是不是應該給自己一次熱情的超升，重新發動身體的力量，迎來新生命的二次創造。這似乎不是一下子能解說清楚，但我還是決意穿透夢膜，在中年的日子裏來一點少年人的湧動，在早已變質的世界裏重新省視自己，在變形的時空中再次成就夢之美，哪怕孤寂隨行，惟新的體會終究帶來新的意義，在有意無意間再次擾動我的神經與血脈，甚或添上新的名詞。後來，就有了在香港中文大學的寫作計劃，那個以地景書寫為主題的項目。然後又有了大學教學的經歷。不要說年紀不輕還有什麼需要擔憂，首次走進大學講堂仍是緊張無比，汗不住流，面對一眾修讀碩士課程的學員，似乎我比他們更迷失。中學教學質素一直為自己所重視，對於面前的大學學員，也當有相同的自我審視。而且對於中大，我更有難以言說的感情，一來自己畢業在中大中文系，至後來讀了些什麼教育文憑、碩士或博士學位，斷斷續續，合共起來竟有十三個年頭，全在我鍾愛的中大山城中度過。固然中大山城必然不是我所獨有，許多中大人都如此鍾愛着。然後，我也開始了在香港城市大學中文及歷史學系本科課程講課，同樣的緊張，同樣的焦慮，然而擔憂程度就像自然地減退，而且減退得比以往快。這群有情的城大本科生，至今仍時刻相約見面，我也樂意赴約，而他們就像把我從社交恐懼中拯救出來。

我再次想起海邊的卡夫卡，再次想起深涌，和那片人跡罕至的大草地。我想像自己終於踏進大草地上，真實地跑了一趟，甚而攤在綿軟的草地上，再次繼續看那待着不動的雲，感受陽光間斷地從雲層中透出那刺目的光。我要說，無力的時代已遠去，要繼續往回看是每個人的自由，但我決意要尋找新的將來，看看它將怎樣地新，縱然無力吐槽，或只有一頭慵懶的狗在渡頭陪我打哈欠，這還是我的追求和選擇吧！

輕輕逃脫

「我們四面受敵，卻不被困住，心裏作難，卻不至失望。」——哥林多後書4：8

這段日子愛上一齣劇，近年受世界各地的戲迷所愛，且引起頗大迴響。《魷魚遊戲》自推出後，無論是過關劇情還是周邊產品，都是人所共悅的。甚而二〇二三年推出真人版（其實原版也是真人上演），再引起一陣話題，至二〇二四年底第二季即將上映，又滿是期待的。這齣刺激人神緒的劇，說穿了還不是個劇作設定，演員演得烈，觸碰觀眾神經。然而，我感劇之所以引人，不只限於刺激，更在於劇情發展根本真實，無論是思考過程還是終極判斷，皆是人性的考驗。心性之熏陶，人性之有無，其實是我們每天的經歷和經驗。

觀看城市四圍，柏油路滲出霓虹的光，形成一條光的甬道，這到底是蕃昌的假象還是永恆的孤寂？灰天太過遲鈍，沒有透出月色，也沒有星光，我在城市攝影，除了拍攝萬家燈火，也只能將世界的揶揄一併拍進去。這世代似乎愈來愈難，與人相處要顧及語言，直面的相交之外，還要顧及是否產生網絡上的負面效果。有時甚至仍未能釐清自己真正的感受，別人好像已在替自己說項，明明自己沒來意，卻在網絡造謠，說三道四。早年有位日本藝人來港拍戲，晨光初現，藝人笑得燦爛，豈料晚上自殺了，人們都說看不出來，明明好端端的。一位名人一直以來在網絡發放正能量訊息，鼓勵大眾，成為許多人的幫助，如此熱血的奮進青年。後來自殺消息出來了，許多人感到難以接受和哀傷。其實這位名人在網絡上的鼓勵語，除了激勵別人，也許是對自己的最後鼓舞，猶如最後一根稻草，然而生活瑣事終究沒有變好，於是悲劇發生。我們都感到難過，因為生命有時如四面受敵，困囿其中自是難堪，加上名人都面對比一般人大的壓力，面向群眾從來都不是易事。要知道看得見的情緒表現本來是不可靠的，因為灰暗的心靈最看不出來，不要以為笑面迎人又談天說地，其實內在的孤獨無限大，所以，在黎明晨光耀目之時，或者是拯救情緒的最好時機，等到黑夜掩至，情緒已在無形中崩塌，挽救就變得不容易了。

是的，我們愈走進世界裏，世界會用她的準則來衡量我們的價值，若看得太過重要，就像無端中了咒詛般動彈不得。後來，只看見網路上的流言，而看不見月芽；只聽見咒罵的雜音，而聽不見樂韻。於是，我們慢慢失去了在城市居住的樂趣，而我們曾經以為可以在城市終身廝守的。不知道從哪一刻起，我們的生活開始脫軌，身體癱軟，意志消沉，困倦的日子正在反芻，繃緊的神經無法放緩，十分要命。城市幾近將人逼瘋，縱使我們只願做浮光微塵，原來也是很難的。泅泳在大廈樓房間，幾乎忘記了樓房的色澤變幻，人住在其中就如活躍中的細菌，彼此感染。我看你是活該，誰叫你不拼命；你看我是可憐，怎會不孤獨終老。在本來互不相干的居所裏，我們本應相安無事，只是窘匱的日子如刀削，情緒暴烈，身邊人都成了出氣袋，除了把雞毛蒜皮的事直拉到別人的頭上發洩，怎會有餘暇噓寒問暖，更遑論停駐在窗前，抬頭看那一碧藍天？

我們都在這種壓抑的城邦中尋找可呼吸的空氣，於是，情緒管理學成了當下的重要課題。近日身邊同事除了手挽皮包上班，還果真一袋二袋，查問緣由，原來都做瑜伽去了，還有個人靜觀的鍛鍊，同事告訴我，其中最有意義的是學習呼吸，怎樣在澄淨中呼吸晨昏，吐納天地，在擠迫的城市中重新尋回專屬的自己。我大概理解當中的意義，只是意料不到要由呼吸學起。因為壓抑過了頭，最終仍是自己受害，故此，身體保健與精神保養同樣重要。城市的組成卻促使個體的瓦解，除非能聚合平和的力量，人人化身精衛，在甜蜜與卑微之間，懂得面對突如其來的騷動，腦袋沒有被換掉，醒來仍然是自己，在體驗墮落以外，卻仍有仰望星空的可能。

這真是後現代的世界，自然有後現代的標準。所謂草木無情，有時飄零，然而人為動物，惟物之靈，人之有靈在於能思其力能憂其智，可是誰為戕賊加害於己，有時最終仍無法猜透。如讀醉翁之作，以為醉翁看透世情，非也，倒不如聽聽秋聲，聽秋聲之音如何說出世道荒情。人非金石之質，何以與草木爭榮？又何恨秋聲？渥然丹者為槁木，黝然黑者為星星，說到盡處還是利之所在。貪利而忘情，只有人做得出，人向來都比草木牲口可怕。於是，近年又開始新的療癒神經之法，在利刃剜心的城市中，開始有了動物治療。對，一隻意態撩人的英國短毛貓，一頭搖頭搖腦的比熊犬，只要這種小可愛在旁，心情就會變好。於是，有些人開始由群居轉變為與動物相處，因為貓不會造謠，牠也懶得理事，獨自可愛，主人憐愛。狗也懂性，在主人回家之際，一撲而上，把主人身上的閒煩悶一併撲滅，又轉圈跳躍，逗得主人以為除了牠，世上已沒有其他快慰的伙伴。因為我們都很着意別人的說話，但只要抽離於人世，在良善忠心的小伙伴旁，哪管人說人話，理當自有自活，這沒有躍動神經的平和，比起反覆謀算的人間荒原更有意義。

無論是呼吸大法或動物療法都以抽離於人群為目標，從而重新形成新的生活視界。不過，任我們當一個怎樣的離群者，人最終無法擺脫的就只有自己。在各種各樣的怪誕與荒亂中，最不能超越的，其實只有自己的內心。於是，為了辨明證實自己是對的，也就抵不住開展了一連串四圍說項的工夫，因為人的內心總是相信自己才是對的，嚼舌根又大派用場了。魯益斯說人最大的罪是驕傲自大，更嚴重的是自以為是，於是我們都怪罪身邊的人，以為身邊的人全都是自以為是的怪人。怪人固然不要遇上，若然遇上，最好退避三舍，因為北島說，高尚是高尚者的墓誌銘，卑鄙是卑鄙者的通行證。然而，無論如何退避，最終還是一次再次遇上自以為是的人，就像日光之下無新事，壞人天天都有。直至有天，突如其來的醒悟，當我們以為身邊都是自以為是的人，其實不是，自以為是的原來只有自己。世人殊異，豈能盡如己意，人的胸襟多少，全在於言語收放，放任言辭的其實心胸狹小，謹慎言語的更顯尊貴。直觀以為別人對待自己刻意歧異，事實上任何人都有表達己意的自由，只要不觸碰侮辱和犯禁的底線。所以說，這個世界怎樣可以更好？只要人人管好自己的嘴巴，勒緊自己的舌頭，別說三道四，世界就會慢慢好起來。而由於沒有自我放縱，也就不用擔憂更多節外生枝的後果。鍾怡雯沒告訴你嗎？謠言就如口香糖，愈嚼愈有味，然而謠言也有壽終正寢的一天，就如口香糖嚼久了，味道流失，甚至丟棄。只要能直面自己的存有，理解自己的限制與想像，不要糾纏，只專注地踢自己的球，賞自己的花，享自己的自由。

世界變幻是物理法則，無法盡如人意。新的一天來了，抬頭看那積層雲，高亢的藍天與海相映，四圍的綠在撒野，且在青蔥中透析層次。海灣上有人在划舟，幼長的沙灘與水沒有清晰的邊界，人與自然融和。其實綠有不同的綠，藍有各種的藍，只是我們都不認真地去看山看海，我們只以為山只有一種顏色，其實山裏有着很多不同的鳥；海也只有一種顏色，其實水裏原來也有各種類型的魚。

我們雖不至於互舐傷痕以作慰藉，然而長久的暴烈終抵不住存心的溫柔。在永恆無法預測的世界裏，有時，也得張開雙臂，擁抱微塵，接受微光，沒有永遠乾淨無比的城市，沒有永恆祥和不息的安穩。就在我們身體受累，心靈受傷，四面包圍之時，認真地當一個離群者，輕輕逃脫，走進個人專屬的時間和空間。然後，在意料不及的狀態下，原來世界早有主宰，雖然四面楚歌，以為無處逃生，神卻能把人從中間輕輕地抽出來，然後安置在容身之處，開始靜聽晚風，靜候晚雲的新生活。

棄置後過着透香的日子

從來沒想過把衣櫃清空，然而早陣子發現衣櫃裏有着各種各樣的衣飾，於是，心潮遇上百感，至少棄置好些沒有再穿的衣物不是壞事，騰出一些空間應可放置很多別的東西。衣服丟在地上的瞬間，可以話說淒涼，就像一群老雞等着被殺，紊亂的堆疊已說明當中的可有可無，偶然瞥見有個角落，沉黑中帶着閃爍，驟眼看來以為是蠅屍，卻原來是多年沒穿的外套仍別着胸針。這是幾年來首次斷捨離，沒有催逼，也並非什麼吉日，就是想丟棄，如丟棄過剩的殘渣般純粹。只怪平時沒有執拾的習慣，不消一會，身體發癢，骨頭酥軟，可真沒料到，這種糾纏就如惹得一身的熱痱，除了全身發麻，皺紋深嵌之外，一下子恍如神經失調，就連原來不打算丟棄的東西也一併棄置。才發現棄置原來會上癮。在稱之為「臨時衣服堆疊區」的位置還有些空餘，乾脆把家人沒有穿過的衣履也丟在上面，不問情由，不說道理，反正家人沒有察覺，也就談不上什麼痛感。然後，終於，我瞪着從來沒試過過度空置的衣櫃，不知從哪裏竟跑出來一份安舒感。這份安舒雖然短暫，但已足夠滿足整個下午，看着重新排列整齊的衣櫃，想起往後可自由地隨手端出不同的衣服再收回，尤其是在趕忙的時候，不必費煞思量，左翻右翻，要穿什麼就穿什麼。

世界上什麼人最快樂？我要說是能真實地做自己喜歡的事的人。美斯快樂，不因有財，而在於他最喜歡的足球；而我快樂，也在於這刻能自由地寫作。然而，如果一天到晚都在應酬，工作的意義或已失去，各種算計成了工作的最大成本，都在鑽那種沒完沒了的心計，思想裏只徒有煩惱和空虛。基於所有爭鬥、壓抑和困擾都會同時跑上來，人的快樂自然變得像一陣飄散的雲霧。故此，什麼時候要快樂地生活，什麼時候先要減緩壓抑。然而，壓抑的情緒不是隨時隨地的，它在獨自一人的晚上最會跑出來，在毫無預兆的狀態下，忽然啄食神經，使人無法安分地呼吸，呼吸成了顯證，因為什麼時候我們就連呼吸都變得在意，什麼時候就在壓抑之中。然後，就是心悸，就像能感受到身體內器官的反應，加上突如其來四周像縈繞着雲霧，把整個人層層地籠罩了。物理反應反映心理，心理加劇物理反應，惡性循環，所謂抑鬱。抑鬱與記憶根本無法斷裂，所有抑鬱皆緣於無盡的從前與過去，過去是什麼？就像辛波絲卡說：「當我說『未來』這個詞，第一音方出即成過去。」這種意義。故此，什麼時候端出壞記憶，什麼時候抑鬱成形。所以說，記憶不都是可靠的，不要說遺忘，更可怕是記起，記起一次再次的傷痛，佔據思緒，拼命也無法掙脱。朱天文說：「我用書寫抵抗遺忘。」暢快，但願今生如是。然而，在對抗壞記憶的荒謬和苛索時，我也要說：「我用書寫促使遺忘。」如果一部長篇小説可把壞記憶存置其中，就像把原來的自己交給小説世界，從此封印，各不相干，而在現世中新的自己從此我行我素，活像一片新的雲霧，活如一株新的樹苗，哪怕往後活在怎樣冷酷的異境世界。

我們的記憶都是這樣，問題是怎樣處理記憶？

人類的記憶好古怪，自古以來，好事不一定記得，但壞事怎樣也無法忘記。記憶就像窠臼，不輕易出脫，固然時間善於把糾纏不清的事情分解，但壞記憶就像老年風濕，是會來討債的。比方難得相約的家庭聚會，倒聽見頂心頂肺的話；又如引頸以待的一趟旅行，卻遭逢令人怵目的下場。只要一陣風拂過，或者一輛車駛離，都會使我們不由衷地想起那次不愉悅的經歷，不必特別招惹，那份刺激神經的痛感，就像在暗夜裏來回踱步穿梭的鞋履聲響，在腦內永遠與人共同進退。壞記憶就這樣在人的腦海內堆積，如器官堆積壞脂肪般沒有感覺。於是，肉體損傷和心靈災害同時衍生，怎能不把人壓垮。故此，我們要清理，如清理衣櫃裏的衣物一樣。衣服不捨得棄置，終究堆出一股酸餿氣味來，有天打開櫃門，氣味掩至。記憶一樣，若沒有下達命令，壞記憶不會自行了斷，也不會肆意逃離，我們不要等待慘白的骨頭露出來時，才意識到傷口磨蝕。故此，如果可以，我們必須嘗試分別出一些時間和空間，像煞有介事般將好記憶端出來，就像拿紅蟲餵食，把一尾尾活脫的魚引誘上來，也像種植水苔和水蕨，把窗台鋪滿一片青綠。壞記憶永遠橫行霸道，不要試圖安撫、調校或更正，只有老老實實地把壞記憶丟棄，把好記憶抽出來，有天會發現，好記憶終於開創良好管治，我們也不再在壞記憶的魑魅魍魎中半死不活。沒有用的東西要全心棄掉，不討喜的人也要認真忘記，日子有限，記憶有據，來日方長，不於一時，當我們曉得重視精神上的自由，才會發現，棄置其實是在珍惜。

然後，卻沒有然後，而我們也不必再次經歷多重創傷，過剩的時空在有限的日子裏理應更加舒徐，讓時日透香，過着不用沉重傷逝，也不用過分着意的自然與生存。

汀州路三段
4 之6
藝術家工作室
Artist Studio
4-6

二

不用鳴鑼響鈸的信奉

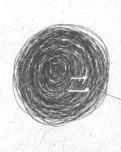

植字

許多年後仍可嗅到藥水的氣味，嚓嚓聲響在耳窩的迴聲不曉得是執拗，還是慣性，這個闃寂的下午仍無法閒得住，媽把二十三年前逐字逐句植字而來的書本翻了又翻，似乎正在為過去頁碼錯亂的記憶尋找註腳。

在我出生前，聽説家裏有個房間老早分別出來，牆壁全以隔音板鋪貼，白色凹凸坑紋牆紙後藏黃色隔音棉，兄姊瞎摸了一會竟抽出一股鬱悶與空靈，房間內端着兩台照相植字機，一張辦公桌，棕色木椅，舊式冷氣機，沒有一絲陽光透入，媽竟在裏頭工作，一晃就是十九個年頭。

媽原來當國文老師，但教書的日子多、少樂趣。後來爸在一次拍賣會中投得 Morisawa MC-6 型號照相植字機，媽從此轉型當植字工，她的安分養活了我們三姊弟。爸媽正好合拍，爸四圍跑生意，媽老實地植字，那日子每逢聽見嚓嚓聲，我們姊弟都很懂事，自動打消睡意，做課業把玩棋，從晨曦氤氳霎霴直至暮色神迷入眩，童穉的歲月是這樣靜悄地流淌着經過。

怎樣的記憶終將形成怎樣的騷動，想像從前媽在房間內植字，她熟練地在鐵盤更換玻璃字塊，字體倒裝卻不礙事，反之從容地推盤，按動桿子，植字影相，如此，方塊字印在咪紙上，媽把咪紙筒取出，帶進黑房。黑房是我家廁所。記憶中和媽進黑房看沖曬咪紙是個獎勵，媽用厚大的膠鋏將咪紙自顯影藥水取出，放在定影藥水膠盆，沖浸一刻後用衣夾懸掛，窗櫺一開，風從窗入，吹乾。媽指教我們調校藥水的份量，過濃字混淆，過淡字褪色，在不濃不淡之際，有次，姊打翻了藥水盆，藥水沾得衣履黏貼手臂，黏得以為從此永不分離，我們喊媽，聲音好淒厲，媽和爸趕快脫掉姊那濕漉漉的外衣，姊的身體用清水洗了很多趟。許多年後，偶爾雨水打落身上沾得一身濕濡，藥水的氣味彷彿仍舊嗆鼻，沒有飄散，是過度驚恐而來的後遺，還是故意不忘那膩人的從前與記憶，就像船夫在暗夜的渡頭撐一槳船至黑稠的海裏，竟無法分辨彼岸到底是陌生的光暈，還是四野的螢在沒有軌跡的瞬間漫天飛舞。

窗沿外瞥見晾衣竹橫豎，竹竿頭兩隻白鴿在點頭，燠熱的盛夏沒有冷氣，風尤其乾烈。咪紙曬乾，自衣夾取下，疊好，媽將一疊咪紙套進牛皮公文袋，紮好，交予大姊，叮囑我們小心送稿，我和哥怯生生地跟在姊後，不消一會，路便走得俐落，英皇道曾是平靜開闊的通道，人稀車罕，什麼時候社會開始過度發酵，形成詭麗玄黃的都市景象？英皇道自北角走至炮台山七海商業中心大概十分鐘，記憶中《生活與健康》一直在地舖，老闆李欣女士有雙慧眼，於八十年代已曉得精神與血肉較草木榮華來得實際。店舖門面清雅，黃昏時靜沐夕暉，老闆收穫來稿，總常讚許我們三姊弟本領，有時想起當年小學之齡已在「家業」中有份，雖不懂禮數，卻像一趟時光逆旅，如在童騃的日子中尋找細藝。

幸得媽的一雙巧手，每次我們取回稿件，媽就在咪紙上修改。如果某個字打錯了，媽用鎅刀在錯字四方鎅劃，然後用拇指按着刀片剔起錯字，在新造字上塗上白膠漿，貼在原位更正。有時整道句子誤了，媽索性剔起全句，重新排位，張貼。直至初中，我叨絮要做這種工夫，於是，每次煞有介事般把餐枱清空，眸光凝定，左黏右貼，可是到底敏銳不足，媽常要搪塞某些原委打發我，然而記憶中一次媽看漏了眼，編輯校稿又分神，書刊印出來某個字貼歪了，我看見後不知慌了多少個良夜。

就在這種睽違日久的歲月裏，我常常發現家裏的書架上，不知何時又添了本新書。想起來有些怔忡，亦懊悔幼時的輕慵，有些日子爸常帶着一位先生到家洽談，先生溫文儒雅，樣貌祥和，架着黑框方正眼鏡，老老實實，先生幾趟摸摸我頭，着我多看中文書，將來有益。後來大抵混熟了，先生多親自來訪，在公文袋中取出手稿，告訴媽怎樣植字，如何要求，媽溫婉地稱是，先生和媽都是文人氣度。有天，爸媽和先生一同趕茶館喝茶，我貪要外出，跟着一塊兒去，豈料先生送我他的新書——《童年的我》。現在回想，怎曉得幼時斜頭歪腦，忘了諦聽先生講話，不是別的，他是香港兒童文學大家何紫先生。嚓嚓植字聲仍舊鏗鏘，如果手稿仍在，甚或拈及更多熟悉的光影，或輕敲流動的印象，似乎回憶的氣味或許帶來更多蟄伏在隱處的情調與悸動。

後來，媽繼續替各間出版社植字。那天大年初一，家裏添了蝴蝶蘭，爸四圍貼了祝福聯，的確喜氣洋溢。本以為賴床至大清早，耳畔卻是嚓嚓植字聲響，一股藥水氣味滲入，我趕忙推開房間門，媽竟全神貫注地在植字，只命我們無必打擾，年還是這樣過。那天，我們姊弟都不敢過度高漲，聲情都如一碧無垠的浪潮，免得海岸受了侵蝕形成缺口，徒添迷霧。後來，有天待至蝴蝶蘭灼華開落，家裏陸續收起紅紙，媽才真箇打好全書。書本出版後寄至家裏，書面淡綠色，書名《豐子愷畫筆下的魯迅小說選》（中英對譯版），它至今一直擱在我家書架的當眼位置，在索漠的光景裏，或可以用來回溯曾有過這樣百味雜陳的生活境況。

風過水無痕，家裏十九年的植字公司結業了。儘管任我們如何擠壓記憶，似是再無法輕易擠出瘖寐的片刻。然而，在具象與虛無的生活裏，只要嚓嚓聲與藥水味再次交織，不是夢囈，卻如勺子掬酒，掬出醇香的從前與往昔，無端又成為我們的縈繞與想像。

以延長的方式喚你的名字

紫丁香的氣味馥郁飄至，才知道限定節期又到了，也就是，她在這裏的日子又倒數一年。我和李淑敏相識已是第十七個年頭，在仍未有過度依存時，我原以為彼此只屬工作相交而已，如今她與我有如親姊弟般彼此相待，恍若在這平行時空下發生着的赤地相交。

我們都說淑敏不是中國正統，像混血。眼目渾圓靈動，輪廓深邃分明，外形標準討好，說話清晰有理。據外表看來，她的性情肯定開朗率直，結果如是。無論對待何人，她都會在粉臉上堆笑。自古人緣好壞不受年齡所限，有些人自是討喜，而她就是這樣的人。

這些年裏，公司上下，每當淑敏行進就近，就會聽見有人以延長的方式叫喚她的名字，在公司裏這似乎已形成文化。名字本來自有它的意義。中學時期有兩兄弟取名「統一」和「山河」，意思顯然易見；有人取名約皓，屬信仰意涵，在於天，是守神的約，在於地，乃明光照耀；而「淑」也者，《說文》：「淑，清湛也，從水叔聲。」「敏」也者，《說文》：「疾也，从攴每聲。」品格上，「淑」有清湛的意思，也引伸為賢淑之意；處事上，「敏」有疾速之意，具高效，切合時勢所需。然而，也不管是父母期許還是自我制約，反正她從來待人也沒什麼保留，表裏如一，人如其名。

可以說，這個世上有人自有獨特的親切感，我和淑敏曾在不同的工作場域中辦事，無論是怎樣性情的人因事起爭論，只要淑敏言說幾句，苦口婆心的用語，像母親待子的口吻，大家不自覺地就會聽她的，然後情緒瞬間消退，又回復平靜的對話。於是，我開始領略到一種狀態，一種叫人與人和諧的狀態，在興風作浪的人際糾結裏，她就像一艘救生艇，只要以延長的方式喚她的名字，淑敏到來，萬大事好辦。

說來她與我一直在工作上是從屬關係，或者說她一直在替我工作。工作是契約，公司大小事項，只要辦得稱心，各方滿意，有時也得熟練與適變。比方公司有次打算籌辦營會，營期四天三夜，自是沒有多少人樂意，就在眾人目光反覆來回，支吾以對之際，淑敏二話不說，以輕緩的微聲表示，營會她一手包辦，沒料到獨自一人，還能幾天之內做出營刊，分發傳送，所有人看着她，突然又以延長的方式喚她的名字，如噙乾淚，想感謝又滿是腆顏，反正鬆一口氣。誰不知營會將至，上司諸多要求，或者說重視美學，所有簡報必先美化，恰巧淑敏不是懂電腦的人，然而，所謂學無前後，她隨即聯繫後進請益，一夜之間，學有所成，把所有簡報獨自修好，誰說不厲害。

厲害的是她的心志。自古傳統文化乃長幼有序，她比我年長，卻於我特別尊重，這全是她心裏柔和謙卑的本性。常聽人家說在善待別人之餘，也要善待自己，可她不是，只要是能聽能做的事，從不推辭。我們都知道，人的話最可恨，嚼舌的嘴就像嚼口香糖，有些人特別善於隨便擺弄，就像不必付代價一樣；然而，要算是這種人的命數，只要落在她手上，她總是機智地聽出話語後頭，以最溫婉的語氣安慰、撫平，去除說話中的雜質，留下應當真切地愛護的純粹和關注。不過，有些人總是如此令人憤恨，既沒有聽出別人的善意，亦只管在空罐子裏鑽，自己說着自己的話，就像從來沒有考究事情的原委和別人的善良；對待這種人，她也只能瞪眼一瞥，倒抽一口氣，點頭示好，大概勉強接受。其實她並不接受，只是審時度勢，犯不着起衝突。許多時候，她也只是簡單幾句牢騷話，其後又回到工作裏去。如此一來，聽從、安撫、接受，此等活脫的性情乃人際學習之道，淑敏如常地在示範。

那年春夜，工作心理受着巨大擠壓，前所未有的攻擊朝着八面四方而來，我一下子無法企及，遑論是心理障礙，還是身體變異，整個人像失去靈魂般在遊蕩。一個獨自在街上遊走的黃昏，空氣乾烈與金風料峭交疊之時，倏地一陣紫丁香無端撲鼻，這刻才想起淑敏是我幾乎唯一可以依靠的。於後幾個月，她就像家人般時刻與我攀談，雖不至促膝剪燭，也至少華燈初上，甚而在午夜夢寐之前，該說的話亦可自由地說盡了，終於，那些心底裏的自我控訴被排解在外，是真箇的靈裏自由。然而我們都知道，這世上所有人都愛美好事物，看一齣戲、聽一闋歌，玩一趟自由自在，反之要能日夜之間徘徊在混沌的咒怨之聲內，還要把人從困惑中抽出來，這狀況有如在浮沙中把人拯救，一旦不留神，自己和垂危的人該有一同掉下的危險。然而，淑敏就是願意拯救人於危難，真誠地在傾聽，老實地在構想，切身處地視如己出，又如家人般相待。在重視速度和效度的現世裏，能純粹聆聽，稀少又難得。回想過來，尤幸那陣紫丁香香氣飄逸，既合心理衛生，也如隨時幫助。

那末，誰最能看透世情，或者就是最暢快的人。不是嘛，在應該談笑時談笑，在應該悲傷時不至過度抑鬱，在受着咒詛時愛理不理。然而，不該是所有人都能超然物外，對於血肉之軀，嚐到苦艾，也不禁吐舌，更何況最疼愛的家人身體受損，那就不是輕易能面對的了。有個寧謐的夜晚，手機作響，心潮無故感到不安，這種預知的本能人人皆有，卻無法解釋。淑敏突如其來的短訊，丈夫病了，很嚴重，末期。人在毫無預兆下，最困窘的應該是失去自主，就像任由宰割一樣，身體狀態從來都不到我們誇口。在最美好的時候遇上最滑稽的嘲弄，生命的本質原來如此荒謬。毫無疑問，淑敏也這樣地面對着巨大創痛。從來只有我們受着淑敏的恩情，這趟倒過來由我們撫慰心靈脆弱的她。那是一個陽光明媚的早上，我們都在，淑敏走進房間來，眾人又以延長的方式喚她的名字，然後各人與她相擁，表示支持。她在述說丈夫的情況，冷靜、清晰，把要做的事情說得準確，然後，她帶着盼望地說，等丈夫康復後才再一家人出遊。我們除了點頭，各人心裏同時存在很大的疑問，這是何來的信心。牧師曾說，人的一生若只期許美滿人生，那終究只可說是不錯；然而若能期許沒有盡頭的永生，那才是真正圓滿。對於有信仰的人，信心是未見之事的實底，無怪乎淑敏能如此樂觀地面對事情，這等情商也不是能輕易地言說的。

人的一生固然沒有什麼可以自誇，放下執念也不是什麼秘策。許多年前，在淑敏仍然年輕時，聽說有人曾追求她，帶她到上等酒店吃貴價菜，菜是吃過了，卻渾身不自在；後來現任丈夫追求，帶她到茶餐廳去，簡約，實在。就這樣，她決定下嫁了。我不知道這次茶餐廳之行有多少影響力，但可以肯定的是，淑敏就連選老公也如她的名字。後來，兩人終於沒有牽絆，在結婚大喜的那天，一同「走進」教堂。這源於結婚日大塞車，兩人決定在旺角鬧市中下車，男的穿禮服，女的穿婚紗，一群人在鬧市中奔走，直跑向教堂方向。途人想必是拍劇，豈知道原來人生如戲。每次聽淑敏談起這件事，她也樂在其中，我們都是。

紫丁香不常有，惟只可以寄寓香氣飄散，有時嗅一嗅，寧神益曠。
我們都是客旅，又倒數了一年，在有限的日子裏，有淑敏這好友相伴，如看一齣快慰的戲，如登一趟繁茂的山。

恐懼就像一群候鳥

恐懼就像一群候鳥，在既定的季節裏，自自然然地按時回來。

鎢絲燈懸着，雨水貼服在玻璃窗上，如一群半透明的螻蟻，靜止不動。又是濕濡得不耐煩的雨季，餐室冷氣開放，空氣如烘焙過的咖啡豆，飄着膩人的香，我就在這悶鬱的夏季裏待上整個下午。淺木色餐枱和餐椅，就像沒有意識地蒼白，植物過度地懸浮着，牆壁單調的手繪人偶恍若無法掙脱，一如我惴惴不安的狀態，即或仍未進入秋分時節，當下的心境就如多崎作般接近死亡，死亡是如此的強烈和單純，如在毫無聲息下切入不可挽回的窮巷，巡禮之年尚且無法趕及，迎來的大概只有再一次生命的脱軌。

餐枱上的電話一直在震動，短時間內不住傳來訊息。不是嗎？只要在咖啡廳待上三小時，雖說可以寫出一篇散文或修訂一通文案，但電話訊息總是收穫不斷。有回在大學講課，一講就是三小時，課後還無法回得過氣來，電話內竟收穫超過二百通訊息，而且還沒有停下來之勢，電話是如此震動不停。於是，意識上要準備經歷一個短訊之夜了，始生於短訊，終亡於短訊，反正就是以文字與眾生打交道。只要經歷短訊之夜，就像有一夜白頭的必要，短訊統統覆過了，才感如夢初醒，已是凌晨時分。的確，我們已習慣以通訊軟件聯絡，文字終究是有力的媒介，不過，豐富的圖像倏忽產生的歡笑或惶惑，有時更感真實。然而，在文字與圖像之間，我們不要忘記，還有聲音。在這世代的溝通方程裏，我以為聲音愈來愈珍貴。不是嗎？什麼時候我們會決意提起電話，以直白且溫儒的聲音告訴聽筒對頭的人，你是如何難以理解，甚而正式地表明自己是多麼無法忍受。如果礙於情面說不出口，好吧，那麼多少時間沒有再用最誠摯或關切的口吻告訴親人，自己是多麼的想念着對方？就是開不了口，這是聲音稀少的年代，親密如愛情，也只管在電話中發一下圖示，藉圖示的動態代替自己的心態，權充關懷。可以說，聲音已沒有了它本來的位置。我們就像墮進溝通的縫隙，只有在情非得已才會直接撥號通話，也不期然地形成慣性，如非必要，我感無須打擾。久而久之，對於短訊，何解產生了某種不願解讀的害怕，如袍爬滿了蚤子，身體承受着過度滋生的細菌後，最終痛癢難辨。有些日子，為了安然逃逸地過自己的平凡日子，文字與圖像懶得看，更遑論回覆短訊，快慰過了頭索性開設飛行模式，恰如自生自滅的快樂。這種慵懶的狀態，正好在夏季黏稠的日子裏，根本性地活像一尾泥濘中不願蠕動的蚯蚓。

基於文字和圖像統治了溝通的門路，不知從什麼時候開始，我也成了消失的人，輕易拒絕聲響，響鈴更是禁忌，無論家人或朋友，非到最後關頭，不輕易撥號，隨便通電，像打擾了別人的安寧，因為通話就如赤膊般裸露，裸露似乎是別無他法時的最後一步。不打擾他人，固然也不願被打擾，終於形成了心理上的壓抑。每當收穫來電，猶如春雷打落，猜想竟然直白來電，肯定是不好的事情如微生物般在發酵，心頭一顫，果然，電話那頭是種種始料不及的躁動，難以自制的顫抖。我不是說從此不再需要通話，離群索居也不是個人想願，只是通話之先有感災禍的起頭。那是濕濡得不耐煩的雨季，一星期裏就這兩通電話，兩個親人在毫無預兆下離開了，電話那頭聽出驟逝的空靈，生命如陶瓷般潰散，不辨親疏。我沒有替來電者預設安分的語調，恐懼有時不足為外人道，只可以說，這種前所未有的破損終將在往後的日子裏，構成難以磨滅的記憶，就如皮膚表面會突然長出既陌生且墨黑的痣。

濕濡的街，路燈映照，人的靈魂有若一瞬間霧化，飄散至不知哪裏去。從來走出傷痛不是易事，猶如每天附在水泥牆上的苔蘚，不輕易地剷除。而情感什麼時候結痂，到底還是不知道。然而，是否過度神經質生成的恐懼，這段日子，又一次在難以企及的狀態下，電話響鈴，悚然一驚，又是親人來電，心頭更不禁寒慄，想必是一次再次不好的兆頭再次萌芽。真的，終於鼓起勇氣接通電話，來電者不問情由查問我的行蹤，差不多要以為沒趕及見誰最後一面，於是，在啄動神經的同時，我又想像當下應如何作出慰問。這種突如其來的不安的確很膩人，直至來電者終於表明來意，急忙致電原是小事一樁，例如吃了飯沒有呀，有充足休息沒有呀之類，嚇得要命，方才閉目、緊抿下唇、倒抽一口氣，氣還徐徐地吁出之際，我頓感釋懷。真的，當下真箇想向來電者查問怎的不打幾個字就好，短訊傳來，文字使情緒好作消化，如酢漿草般有着消氣解毒的功效。何故製造這種無端的張力，霍地神經繃緊如舔過芥末般瞬間嗆鼻，於是大半天神魂飛蕩，不住提防響鈴的怪誕心理終在毫無預兆下成形。爾後，我們終於懂得鈴聲催魂，提防來電的心理預期看來是必須的。因為我們知道，等到夏季過去，迎來的想必是使人思念的秋色。這是一群烏黑的候鳥，在秋分的暮色裏，按時按候總會自動來訪。

然而，雖然夏天的雨多少黏稠，有一刻如能安坐在餐室玻璃窗前看雨，雨沒有軌跡地下，打落在玻璃窗上如活脫的精靈黏着，柔和的藍調爵士樂，添上暈黃的燈光，安靜地生長的苔玉球，微涼的空氣，幽香的茉莉花茶，輕聲的人語，我們都在。就在仍然安好的時節，還請想起所有自己珍視的人，不避鈴聲，輕易地提起電話撥號，打一通溫熱的電話，傾聽那久違了的耳語人聲。

在疫症沒有離去的那年

起風了，已忘記了曾經祥和的感覺是怎樣停駐在內心。

我們都被困在內室，宅居在家，疫症似乎沒有平息的跡象，城市被慌亂佔據，關係受空氣所傷，四圍都是驚恐。死亡的道路一下子暢順，在毫無預兆下，認識和不認識的人不自覺地列隊進入，也無法說什麼遺言，反正注定孤身上路。人瞬間化為一堆數字，除了嚙咬着時間，也只能寄託於淚痕。

雙照淚痕乾，想起曾經虛幌半掩，在明月下看清風、聽月色映在水上靜默無聲。那已經是很多年前的事了，時維九月，序屬三秋，如果不是時間過渡得太快，我還以為自己很年輕。不是嗎？這個和那個身邊人還不是好端端地活着，如常地上茶樓、逛書店，如果他們沒有老，我也在平行時空內繼續任我行，因為靠着那加給我力量的，凡事都能作。直至疾症，才曉得死亡是如此真實和決絕。那天和友人到九龍塘又一居與醫生朋友見面，趙孟準醫生以詩歌譜寫神的樂章，除了在歌詞中呈現神的慈愛，也說明自己如何親眼看見神。〈神！祢在掌管〉，掌管時間，掌管萬有和空間，可是，就這次相見以後，沒料到生離成了永訣，在還未來得及道別之際，也就只能在詩歌中回想生命的本義。於是，我再次思考年輕的價值，因為年輕和年紀本不是同義的詞。

年輕可以揮霍，隨便溜日子，無聊時滑手機，有的是時間。對於死亡來說，年輕是最有力的對抗，性格不必怎樣講究，某段關係沒了可重新再有，做事不着意細節，因為年輕，世界也不用對我們太過認真。然而，這不是真正領略年輕的快樂，因為真正快樂的年輕要深刻體會。那是怎樣的體會？在疫病未流行之前，我曾經揹起背包走在風中，遇上陌生的客旅，路上談，說什麼都可以。那是一次絕密之旅，時間在耳邊盤旋，巴黎巷弄轉角的小攤，賣畫的婦人端坐在地氈上，花白長髮束起，深邃的眼窩，雙手交疊在膝前，消逝的女人感到青春，那持續地重整又隨興的身體，是街頭上最曼妙的身影，而四周掉落在地的黃葉，不像瞬逝，乃是一次生命的重組，在花街的樂韻中起舞。於是，我終於明白，年輕的美麗是如何當一個沒有羈絆的客旅，在寧靜的遠洋沒有默念自己的方向，在遙遠的他方沒有等待自己的彼岸，活在無以名狀的空氣裏，想像落葉長出新芽的美好，而光影亦尋常地照着臉靨。

後來，周圍開始有了雜音，聲音如乾裂的春雷，提醒年輕的代價。於是，一夜之間年輕成了失焦的代名詞，所有意志低沉和意識掠奪都歸咎於過分年輕。我們被提示急速成長的必要，成長之於年紀的速度，能超越多少就多少，不再像閒散的畫家，一如黑稠夜空中閃現的流星。年輕人一再聽見別人替自己規劃好的人生，人人手捧水晶球預告未來的榮耀，而只有自己沒有。終於，厭倦聲音如厭倦熟悉的位置，我們離開眾說紛紜的地方，又脫去別人的嘉許，在別人無法進入的時程中，替自己編織餘生。不是世界強迫所致，而是我們認為自己需要負上一些責任，且不經意地已在責任大道上行進。責任就如泥盆旁邊的花屍，死了會再活過來，且天天向我們討債。然而，我們自是樂意的，因為責任一旦變成野心的濫觴，便會至死拼命地以血肉鋪路。有一位年輕有成的學生，畢業後旋即創業，做汽車銷售生意，怎料汽車生態一轉自然困難重重，學生曾經費盡心思替這壯年人生路命名，路旁房子鋪設簷篷以抵擋強風，可是風向轉易，一下子卻變成無主孤魂，如落危途。幸得後來靈魂意志被喚醒，才重新創造了新的將來。然而不是所有人都有這種意志，千錘百鍊後一蹶不振，除非我們有預先讀懂自己。

只要相信必定成功，有能釀出生活的芬芳，人也醺醺然。日子就在責任大道上如此隨流失去，到能夠意識過來時，原來已勞碌半生。才想起半生以來費盡心計，結果什麼也得不到，在奮鬥中失落，在人事中周旋，到頭來只換來一身衰弱，以身體賺取錢財，以錢財醫治身體。直至夜闌人靜之時，才真箇意識到，原來年老色衰的日子早已不遠了。走在步履蹣跚小道上，膝頭疼痛，走幾步路也絕不容易。以前重視外觀，燙髮美肌，天天受人關注。如今也顧不得衣履穿搭，反正一頭銀髮，手挽着兩個黃色塑膠袋，一手一個，但求想盡辦法把小店購來的生活必需品帶回家裏，我們還要替自己洗澡、晾衣，也要煮吃、洗碗，餘生獨自過着不輕易外出的蟄居生活。只是，我們刻意偽裝看不見道旁，原來道旁的簷篷早已拆卸，不知何人在欄杆上掛上許願竹，預表祝福，祈求祥瑞，才想起自己已落入長命百歲的祝願裏，在鄰人討論多多關照的名單中，已經有了自己的份兒。更不願意起風，風吹奏許願竹詭譎的迴聲，使我們想起年少和壯年時，更想起許多年前那個巴黎巷弄轉角賣畫的婦人，她竟年老得如此優雅，年老得如年輕的自己。於是，心頭猛地給戳了一下，曾經以為自己年輕得豪邁，在尚有大半生的年華裏，青春可無限地揮霍，青春就如站在巖石上縱身躍入海裏的少年，而幽坐在白沙灘上的老人正觀看着這少年人美妙之姿，只是，當老人看見精壯少年的舉措後，才驚覺自己已近垂暮，回首從前只留下多少不願再想起的事端，而當初卻費盡心思經營，如今看來只是一陣隨時飄散的雲霧。青春一夜就變老，我們一直以為自己是巖石上的少年，豈不知道無論在什麼年紀根本沒年輕過，終於醒覺，才曉得多少悔恨可把我們剩餘無多的年日無情地折騰。

於是，我們會問，到底應怎樣經過一生？人生只有一次，春光韶華易逝，不是什麼都可以留得住，也不是什麼也留不住，若然要留，應該留什麼？那請留住年輕。年輕從來不是年輕人的專屬，年輕在每一個人心間，只消喚醒年輕的靈魂。不是嗎？年紀雖大，沒有年輕的體魄，但我們仍然有年輕的靈魂。早前聽說荷蘭一位七十歲的老婦人跑了一趟半馬拉松，她在四十六歲時開始跑，直到現在，來到七十古稀之年，終於挑戰全馬拉松了，我不知道她能否完成四十二公里有多的路程，但我知道年輕的魂在她裏面，這種重新遇上的年輕，有如重逢甘雨。這是疫症沒有離去的那年，因病離世的沒有分健壯還是體弱，生命長短沒有人能說得準，但生命的溫度人人可以調校，濕氣太重，四圍冒出黴菌，整個思想系統就如癱瘓了一樣，什麼也不接受，如遇上潮濕的氣候，宅居在家，反正如病懨懨的廢棄住宅一樣。事實上，這世界沒有靈丹妙藥，但有寧神養氣的靈茶，提神醒腦，讓我們想起從前的靈動和巧思，至今根本還在，沒所謂不好意思。老年得子不是人人都有，或者人人想有，但老年得「輕」卻是絕妙的年華，既然蘇州過後無艇搭，倒不如想像自己如何年輕，幹一番新的事業。問題在於身體是否能夠負荷？不是人人都能應付馬拉松，有時走幾步路也感氣促。然而，有人衝浪，有人滑水，有人暢泳，有人浸腳，那又何干？只在乎是否落入水裏，感受水的冰涼，傳至腦海而形成清新和舒徐的愉悅，還是，我們只想起腳板下的幼沙，在沾水後竟怎樣黏着腳板，為免煩擾，索性不沾水半分，想來想去，倒不如穿上鞋子，生怕老年風濕又發作了。其實沒所謂沾不沾腳，反而每當我們因年紀而不做某件事時，正正就是思想是否應立即做起這件事的時候了。

每一天，接近死亡又近一日，人死後被埋葬，或肉體被焚燒，然而死是無可避免的，我們什麼時候開始擔憂被泥土沾染？什麼時候開始掛慮被野火焚燒？死亡預告，年輕時不覺，在日夜顛倒的繁忙事業裏我們更加不覺，且相信和慶幸只要努力地幹事業就能釋除憂慮。直至一天身體異變，又被四周圍充滿可怕的事物弄得體無完膚，生活的呼告無效，於是揮之不去的夢魘佔據思潮，像倒數的年輪，一天一天地算計剩餘的日子。死亡成了最有力的控訴，才想起大半生以來原來對不起不少替我們準備安樂茶飯的親人，對不起不少曾經出死入生的夥伴，於是，死亡成了重要的議題，來不及補償，來不及挽回，重新上路這種年輕的意義盡失，因為死亡本來就是終結，且沒有回頭路。然而，回頭路沒有，但來時路卻是有的，只要認清我們來自哪裏，就會曉得死後到哪裏去，如果世界的創造來自造物主，死後就會回到造物主那裏去。聖經說：「論到睡了的人，我們不願意弟兄們不知道，恐怕你們憂傷，像那些沒有指望的人一樣。」（《帖撒羅尼迦前書》4章13節）死亡的可怕在於其代表了一切的終結，除非我們深刻地理解原來死亡那又新又真的意義，在念念不忘的瞬間，在一息尚存之前，我們仍然可以享受年輕。

其實也不在於回不了頭，最恐怕是已來不及。村上春樹說，我們一直以為人是慢慢變老的，其實不是，人是一瞬間變老的。原來，在生命燃燒的日子裏，那迎向死亡的道路上，冥冥中已有人為我們縫製壽衣，特朗斯特羅默如是說。於是，一場無情的疫病終結了諸般情愛，留下來的人有沒認真對待每次秋晴和春分？既然生命有着隨時中斷的哀情，那麼，我們更應真實地體會年輕的意義，青春不留白，如朝着天燈向澄明的天空飛去，在仍然祥和的日子，思想死亡是怎樣無聲地靠近，和那回復年輕的奧秘。

彼岸花什麼時候開放

後來，我們都走着與別不同的道路。

就在仍然無法理解世界將怎樣對待我們的時候，在很早之時，我們已將未來交付予世界。除非我們有夢。夢境很虛幻，但也很真實。那麼怎樣解釋夢境？弗洛伊德說，夢境是人在真實世界中無法實現的處境，然後藉着夢境圓夢；然而榮格卻以為夢境是補償，在真實世界無法達致的狀態，在夢境中帶來補償的意義。其實夢境無論是圓夢還是補償，終究有夢醒時分。慢慢地，人開始發覺原來夢只是偽裝，夢境除了把潛意識提取，夢其實只在逃避個人意識上的審查，然後在沒有限制和羈絆的狀態下，讓本來無法實現且非真實的事情發生。所以，如果發了一場好夢，我們會嘆息為何過早醒來，如果可以更長時間逗留在夢中，你說多好。然而夢境就是不妥協，任你如何準備，你無法控制做什麼夢，若然無端入夢，夢會自己說話。

不過，我們卻會說：「做人要發夢。」這種夢和夢境又不同，近乎夢想，夢想不在夢境中發生，卻在現實中實現。然而，夢想有時比夢境更不真實，這就源於我們對事情的掌握和對自己的了解。當老師本來就不應隨便說話，因為話中有話，我們不知道學生聽了什麼，沒聽什麼，解讀成什麼，沒解讀成什麼，但老師就是喜愛告訴學生什麼適合和什麼不適合，什麼是應該追求的夢想，什麼是不切實際的，好像自己對所有事情都充分了解，我們都要聽老師的話，但其實有時老師只不過是比學生活多幾個年頭，視野和情緒管理也不一定比學生高明。那麼我們應該繼續發夢嗎？如果應該，夢應該怎樣發？在什麼地方發？在什麼時候發？就像一直活在這端的居民，時刻看見海的那頭有彼岸，聽說彼岸花很美，花開得豐腴，令人目眩神往，縱然未曾真實地見過，卻總不比眼前乾癟的植物難看，難看得像自己。所以，我們千方百計要渡到彼岸，彼岸沒有如這端令人失焦的荒謬，卻有使人活得痛快的需求。於是，我們執意地要有夢，執着是前題，因為所有執着都使人癡迷，癡迷是夢能夠實現的基礎。當我們相信有天夢想成真，那就必須腳踏實地於眼前，而必先對這種夢達到癡迷的程度。比方我們夢想能以某一種語言自由溝通，我們必先對這種語言背後的文化癡迷，又喜歡這種語言的生活方式和溝通意義。又或者有人想當籃球員，他必須對籃球運動及其周邊的種種達到癡迷的程度。癡迷何其重要，它就像有種黏膩感，叫人無法抽離，思想時刻都要停留在其中，而成為生活的首要關注。

有夢是好，但夢想又不能太多，就如我們不能對很多事情癡迷，否則就不是癡迷的本意。癡迷這種態度很霸道，容不下其他可能，一如結婚前的愛侶。可是現在的人想要的太多，多得自己喜歡什麼都不知道。

其實想要和需要很不同，想要的很多，需要的不多，然而，癡迷的表面是想要的性質，然而內裏卻是需要的成分。也就是說，如果想夢想成真，成真這部分其實就是我們的需要。

我們曾在中學時候想像自己未來的模樣，當然會以為追逐夢想是遙不可及的事，除非遇上偶然的機遇。「偶然」是夢想的潤滑劑，如果沒有偶然，夢想實現就自然比較困難。然而，我卻不認為人生會遇上多少偶然，因為偶然是這樣的：

你不必訝異，
更無須歡喜——
在轉瞬間消滅了蹤影。

偶然不是好下場，它的終結又是這樣：

你有你的，我有我的，方向；
你記得也好，
最好你忘掉。

故此，當我們還以為生命中的偶遇會如日劇般的套式，其實在真實世界裏幾乎從沒發生過。直至我們踏足社會，活着一模一樣的日子，每天在路途上行進，原來所有人的臉容都是一樣的，縱然在車廂中與素未謀面的乘客如何緊密地湊在一起，又或者與一生只一次擦肩的客旅如何目不斜視地掠過，雖然沒有相遇於期，卻也是命中注定的，反正偶然並不存在，相識根本非偶然。而我在這裏不是否定偶然的可能，只是，既然是偶然，那就不能預判，也就不在夢想實現的計劃之中。所以，我們要關注的只有如何腳踏實地。任彼岸花如何地開，如果我們沒有切切實實地造船，最終仍然無法到達彼岸花盛開之島。

問題在於夢想實現的日子大多不是當下能看見的，更可以說，有價值的夢想從來都看不見，看得見只有在夢想成真之時。然而，在生命過度複製且肆意割捨的歷程中，我們老早把曾經的夢想磨蝕，因為看不見的將來，等候看不見的美好，意志逐漸消沉，人生恍如陽台地磚縫隙間那生長着的苔蘚，完全沒有幻變的可能，實現夢想變得天方夜譚。不過，只要抬頭又向遠處張望，才會發現，原來朗月總有乍現時，海潮也有風乾處，除了癡迷，又能謹慎且腳踏實地做當做的事，夢想雖然看不見，其實已在靜靜地發生。因為不知從什麼時候起，在毫無預兆下，你會驚覺陽台的縫隙間竟無故地開出花來，花在溫煦的夕暉下，竟成為點綴生活的必需，從今以後，我們甚至願意費盡所有的可能，把這棵沒有意料開出的花栽種，來報答夕暉的紅彤和映照。

說到這裏，顯然就是想囑咐大眾於年輕時有夢。只是，夢想最弔詭的地方卻正正違反了年輕人的生活方式。因為夢想需要孤獨，孤獨才能專注，專注才能成事。固然有人相伴的幸福感好大，二人三足也容易成事，這是不爭的事實，若有志同道合，那就絕不能放過。然而，若果沒有志士同行其實也很正常，尤其是夢想這回事，因人而異。故此，我們要有孤獨的準備。蟄居的生存方式本來有它的美態，能獨自完成夢想的某個小步驟和階段，自得其樂的快慰更是難以言喻。然而，若受不了孤獨，只以呆滯的形態生活着，因孤獨造成重複，因重複衍生無聊，最終只在捱日子，那似乎並不能把我們帶到更嚮往的地方。其實孤獨的等待必須平心靜氣。直至有天，當我們無意間在陽台上發現那時間的縫隙竟然消失了，不必慌亂也不用狂喜，因為這是步步走來的結果。同時，我們也不必悚然訝異，只要在陽台上看花的艷姿，看海的迷醉，感受海潮樂韻，使暗夜心房歸於平息，就是夢想最美好的期許。

有天，我們長大了。當我們瞄見自己穿搭的西裝，衣口袋束着一枚小花，小花雅淡，清香滲透，那就是彼岸花。彼岸花早已盛開，與夢想相視的距離亦已不存在。年輕溜日子易過，往後是坦途還是窮途無法說得準，年輕人若能依稀體會到自己真實地存有，挪開一片天，在叢中自由地蔓衍的葛藤，要生長到哪裏去，就到哪裏去。那就請回想起你曾擁有過的夢想，深淺入時無，豈一妙字能說得盡。就算風潮已過也沒相干，不用嘶喊，只要能再次擾動神經與血脈，老實地脫去羞怯的虛晃，重新端出圓夢的心志，至少是補償，癡迷以對，偶有所得，或有一天，終究會迎來快慰的自在。

三

有道而正在學之本

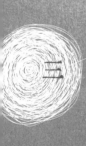

治學之本——憶二十多年前黃繼持教授《論語》課

在仍未興建法律學院大樓前，從馮景禧樓往回走，途經李達三樓旁邊，曾有一條短狹且崎嶇不平的樓梯，樓梯一直延至圖書館道，我曾看見有位哲人站在梯間看樹，而我就在看他的身影。想來，已是二十多年前的日子了。

實在有幸，在學期間遇上好些學者皆為大師。「古籍導讀」、「左傳」受學於鄭良樹教授，「文字學」和「孟子」受學於陳勝長教授，「訓詁學」受學於陳雄根教授，「語法學」受學於徐芷儀教授（後來得悉是李天命教授太座，同學「嘩嘩聲」），「聲韻學」受學於張雙慶教授，「史記」受學於何志華教授，「古文字學」受學於張光裕教授（後隨張生出版《郭店楚簡研究》，亦辨「第三屆中國古文字學研討會」，會後有幸與饒公同乘火車，聽説古文字之趣，此事另文書寫），然而，談及經世治學的方法與要領，除了張生外，不得不提及恩師黃繼持教授，繼公所授，至今饒具影響。

黃師繼持教授曾受學於國學大師牟宗三教授，後來一直任教於香港中文大學中國語言及文學系，黃教授榮休前任教「論語」、「莊子」、「文學批評」、「現代小説」等課，旁及古今，學問之大，鮮有能及。同期學長説，要挑戰自己，可試修讀黃生的課，我倒沒挑戰不挑戰的考慮，黃教授教導「論語」，沒有更佳選擇。

讀《論語》之法

二十多年前的課慶幸沒有白讀，至今仍記得黃教授「論語」首課概説。黃教授談《論語》要義，所謂《論語》之學，一言以蔽之，就是「成德之學」。而讀《論語》的方法有三步，從「文獻」、從「文化」、從「修養」。所謂從文獻，指嚴謹的考據與互證，全部注疏集釋，無一缺漏；所謂從文化，指從《論語》讀懂其中呈現的文化要義；從修養，固然是《論語》對我們的品格和本質的影響。

從文獻

從文獻方面為例，黃教授清楚說明《論語》各注家的價值。東漢鄭玄訂定今本《論語》，敦煌石窟出土後可見殘本。通行注本為三國魏國何晏《論語集解》，實非出自何氏一人之作，乃集各家之解說，為今所見較完整的注本。至北宋邢昺作疏，後世對此疏評價不甚高。而清代時期日本發現南朝皇侃疏，故有邢疏和皇疏。直至宋朱熹《論語集注》，貼近孔子精神原貌，故近七百多年，學者必讀朱子集注。然而朱子為理學家，故融入抽象，對天、道、人加入理學哲思，對孔子思想加以引伸發揮，甚至予以改易，黃教授請我們後學得加以注意。至清代乾嘉學派劉寶楠《論語正義》，要求考查漢朝古書的原意，重考據，從文字、聲韻和訓詁作解，不太從朱子，亦可見清人治學之風。至程樹德把何晏、朱子、劉寶楠三者之精妙處集合，並及其他注解（如黃式三《論語後案》）作成《論語集釋》，其中包含文字考義、事實考證、各家注解之精要。後來錢穆《論語新解》也應多所旁及。黃教授的課主要以楊伯峻《論語譯注》為本，逐篇逐句引用上述各家注疏，加上自己的考證與見解加以講授。這裏嘗舉一例以證。黃教授講解《論語．子罕》：「子罕言利與命與仁。」他指出若從字面上釋義，意謂孔子少談及利、命、仁三個概念，這似乎與《論語》的思想不相吻合。黃教授考證句子的語義後，從兩方面作解，一為古文句讀，黃教授以為，子罕言利後應有「，」為是；二為常訓，「與」可讀曰「喻」音，訓作許，意謂讚許，即是讚許命和仁兩個概念，由是觀之，本句應為：「孔子少談及利，而讚許命和仁之義。」從黃教授治學，想必看見考證的重要與價值。

為什麼特意提起黃教授對古注的重視？記得黃教授論語課最後一節，同學都在憂心這門課怎樣考試，而因為我從第一節論語課起為黃教授的課錄音（其時替赴法國留學的鄺可怡師姐錄製，惜後來錄音帶散佚），同學誤以為我與黃教授關係特別好，故在眾人推舉下當了同學代表，向老師查詢考試重點。黃教授先是輕笑一聲，然後說：「考晒。」我聽後大膽追問：那麼所有古注呢？黃教授又簡單一句：「全包括在內。」全場頓時啞口無言。黃教授點了點頭，說這是必須的，惟再給予我們一些提示，就是課上多說的在考試時比較重要。課後同學都在議論什麼是課上多說的議題，而在八題選四題的考試裏，記得那天在邵逸夫堂應考，從試場出來，感覺就像赴考科舉，所有古注如亂碼，一整天都在腦內縈繞不去。及至成績公布，有幸拿了個A等（那時同學間流傳，這是不可能的任務），遂向黃教授道謝，黃教授也只簡單回了句：「答得好，繼續修課。」

從文化

記憶裏黃教授十分着重《論語．述而》篇的講解。黃教授稱〈述而〉篇中多為夫子自道之言，主要是孔子的晚年紀錄，總結了孔子一生的感受。當中，子曰：「志於道，據於德，依於仁，遊於藝。」可說是概括孔子一生之言。而其中「遊於藝」者，所謂藝指六藝（禮、樂、射、御、書、數），先秦時「藝」與「術」分說，而《二十四史》和《漢書．藝文志》中「藝」指具體和實際的能力。故此，禮指具體的習禮行為，樂指音樂能力，推衍至清人所謂「園藝」，也是指實際上的種植。這裏，遊於藝的「遊」乃指「遊憩」，意謂遊憩於這些藝的範疇之中，這裏與現代人藝術觀中「藝術專門」的概念是不同的。黃教授指出，「多才多藝」在《論語》中不一定是正面的，可以泛指掌握這方面的能力，而這也是對《論語》在文化上的一些詮釋。

固然，我們都熟悉〈公西華侍坐章〉，中學時期已知悉這是儒家提倡的理想生活狀況，惟黃教授給予我們新的研讀角度。雖然宋儒和諸子對此章的評價甚高，惟清人樸學家對此章有所質疑，以為此章是戰國時後人的複述，當中可能有過分渲染的成分，子路、曾皙雖為孔門大弟子，惟曾皙地位不太重要，公西華的才幹亦未必如此章所提及的情況。黃教授指出，若從文章的寫作角度出發，〈公西華侍坐章〉水準極高，屬古代小品文的典範，從情節、對話和人物性情上，展現美好的意境。舉例而言，「鼓瑟希，鏗爾，舍瑟而作。」是古典小品文筆法。至於曾點的回應，暮春的意境，是群眾式或聚眾式的樂，從風乎舞雩至詠而歸，是從祭祀轉為民眾之樂的演化。然而，黃教授指出，孔子的生命主調乃在救世，儒家是入世之學，夫子因晚年感慨，此章就如補充了孔子對藝術文化與人生的觀賞，惟不代表孔子對前三者（子路、冉有、公西華）的否定。黃教授之說，可謂精要。

從修養

黃教授指出，讀《論語》最主要的概念，歸納而言，就是「學、孝、仁、忠、恕」，而「學」就是一切的開始。談及「學」的方法，黃教授指他個人治學的方法就如《論語》所言，除了博學和強記（多學而識〈衛靈公〉）外，更重要是組織和次序，所謂「一以貫之」。黃教授舉例言，曾子提出忠與恕，惟孔子背後着重的是忠與恕的對象，即是人，故所謂一以貫之，可以體現在道德修養、文化意識和政治思想上怎樣處人作解。另一方面，黃教授提及，好些學習者忽略了《論語》中的「學」常與「道」扣連，即所謂「學道」，故此，「志於學」即是「志於道」，「志於道」乃自我實踐和成長，是整個人格的完成。黃教授強調人格的完成必須與「禮」相關，就是所謂「立於禮」（〈泰伯〉），禮是個人人格的完成，從而推展至社會上的人格行為，也是人際間的正當關係。禮最初與宗教祭祀有關，指人與神和天的關係，後來落實到人與人的關係，基於禮是社會的規範性行為，故「習禮」才能在社會上有立足點，樹立社會角色和人格，故「立」才是學禮有成。

黃教授談仁，先為我們理清了一些觀念。〈里仁〉篇多以簡短格言式風格書寫，估計是較早期的紀錄。《論語．里仁》篇集中談仁和君子，而在《論語》前金文中鮮有此字，故仁作為一個觀念，極可能始於孔子。「仁」是開拓性字眼，是「端緒」，是從實踐中體現出來，是儒者所具備的品格，所謂「里仁為美」（所謂「儒」，孔子謂子夏要為君子儒，不為小人儒，可見儒有二分，不一定是正面的，而君子儒有高尚人格，要比「士」為高。）仁者愛人也，乃人際間的真實感情，故人之所以為人，始於父母的親情，故言孝悌。仁，促使人際間的和諧關係，反之，不仁則為麻木。固然，仁者不受外在環境影響，君子無終食之間違仁，造次必於是，顛沛必於是。黃教授指出，此處可見孔子安貧樂道的境界，而孟子「貧賤不能移」之說，大概傳承於此。此外，黃教授特別指出《論語》中「仁」與「知」（智）對舉，而「知」與「學」相關。「知」是理智之意，意謂學會判斷是非，明白事理。人要能知，也要存仁。仁是人最基本的感情，能愛人就是有仁心的表現，擴而充之，成為仁者，而仁乃人際關係中最完美的人群情態。宋明理學家對此發揮甚大，就是所謂精神的提升，仁是不斷超升的過程，所謂「其心三月不違仁」，是人的自覺、覺醒，從反省而後自覺，從覺醒到自我生命的意義。故此，仁就是愛，是自覺的本能，若不能自覺，就是溺愛。推而廣之，從政治方面，王者之道亦在於仁，就是所謂仁德，仁者以德治民、治國。所謂「德」，就是可貴的價值，人之有德，就是人有人的價值；所謂「道」，是宇宙運行之道，天下之運作，所謂「大道之行也」。德與道就是道德之意，就是指人與人、人與天的恰當關係，故以德治國可使社會安寧。總括而言，孔子論仁，從仁開展至道德，就是最和諧安樂的關係，可以說，孔子談仁學，孟子談心性，也是重在當中的體會。

憶起二十多年前上黃教授的課，那皮膚黝黑，瘦削身影，在說到精妙之處時，口邊沾白沫，黃教授學問專精，我輩中人無不嘆服。能把學問從博學精研逐漸演化為興趣之學，那一年我看見的是一代儒者繼公作為文人典範的治學之道，縱然已再看不見佇立在樹下的哲人身影，惟一代雄儒至今仍是多少後學的楷模。

黃教授說：「繼續修課。」往後一年，我再修讀了黃教授「文學批評」課（哈，也是取A等），又是另一番新的滋味。

雜物房的忍耐

幾乎可以肯定，大部分學校的雜物房裏存放着許多紙皮包裹着的書，這些書很佔地方，但沒有人敢把它丟掉，校長也不敢輕易處理，神聖不可侵犯之極。如果丟了，那就證明校長是造次忘祖的人。一般來說，當中保存了十年前的校刊，有些學校更積存了二十年前的，大包小包堆疊，算起來可以藏書量過千。學校裏從沒有人想過可以怎樣使用它，或打算怎樣處置。那麼，我們會問，校刊這類書本到底有什麼作用？如果校刊可以起歌功頌德的作用，作個紀念，留些回憶，也是無可厚非的；校刊裏會有校慶前那年的學生照片，校慶前那年的學校計劃，一一作為里程的紀錄。而我們從來沒有問起十年前校慶後那年的學生，基於入學年份沒有慶祝的必要，校刊也就沒有紀錄，除非你很卓越。而你只會以「學生紀錄」的方式存在於雜物房內，證明你曾經路過，也確信你的存在。曾經有人發起以「學生故事」作為校刊主要內容，省卻刊物前頭的大框名人照片和賀詞，把頁面歸還學生，把內容交給校園，學生成為校刊的故事，而不是各項計劃和豐功偉績。我們要說，這種建議，真是大逆不道！但如果有天，學生有話要說：大人們，你們真是好奇怪，孩子學不好不要提起，孩子學得好是你們大人的功勞，什麼時候才會聽聽孩子的話，像肥土鎮裏的孩子有話要說。大人的回話是這樣的：竟有如此說話的學生，太狂放，太自戀，請從頭學會謙虛，表現謙遜。孩子再沒有話說，因為大人從來都很奇怪。同樣，校刊是古怪的東西，因為校刊裏所有學生成就紀錄，都在證明大人的表現，都在確認大人的功德。那麼，為什麼雜物房裏會堆成校刊山丘呢？這是基於功德的起頭源於過度刊印，刊印學校成就與功德，快樂嘛！滿足嘛！只是，校刊的價值在校慶往後的年份逐年遞減，因為我們要有新的計劃，新的發展。校刊從此慶幸以散貨式派發，能減少雜物房倉存的壓力，也是大人的管理之道。如果有天友校校長來訪，這種時機不可錯過，學校必然一本兩本安排作送禮之用，而收禮者配合地端起笑靨接收，回校後把校刊隨手交予副校長或老師參酌，以後學校也要造一本更好的校刊，證明學校也有別校的功績，還有別校沒有的功勳，雜物房該提早預留空位。

而我們沒有打算停下來，因為速度預表高度，量變充當質變。雜物房是一部時間器，我們會在裏面找到各個年代的產物。遠古時的卡式播放機、錄影機和牛龜式電視機，及至十多年前推出第一代電子白板，很多學校為表緊貼時代，多有購入。電子白板的做法，大概就是教師寫下上課重點，然後按掣即可把白板上的筆記列印出來，再印製予學生作為筆記。只可惜這種近乎諧趣的電子白板只流行了兩年，就被輕觸式並能同時電郵外傳的新型電子白板取代；直到現在，學校奉行流動裝置，學生人人手執一機，學習自主嘛。而過氣的產物就此直送雜物房，從此不見天日。進步提速，成為學校的原力，以舊換新，充作學校的遠見，於是時代的產物必須被淘汰，過去的思想必須要掠去，然後把各種各樣的東西隨便棄置在雜物房，直至有天適合注銷，棄置物才以沒有價值的姿態離開。我們都在追逐，沒完沒了，因為舊是被淘汰的憑證。有一天，如果我們都不打算使用任何新型設備，只把學生純粹地叫來，坐在鐵架木椅上，手拿紙筆，談文說藝，這是不是代表無效的守舊？除非我們稱之為文青活動，美其名才配得起時代意義，我們說反正都要學習，就要學得進步和及時。這是我們的年代，我們都在不可放緩的學習方式下拼命地奔走着。

我們都喜歡把最體面的榮耀獎盃，陳列在學校當眼處，以為獎盃多，就可以吸引家長報讀，其實我們都是大笨蛋。因為我們只想起怎樣弄門面，而沒有想過當家長走進其他學校時，獎盃總不比我們少，或者更多。然而多少也沒相干，獎盃只吸引看獎盃的家長，不看獎盃的家長就無法被吸引了。有次到訪一所女子中學，是家傳戶曉的一等好學校，好學校有好學校的各種定義，這所學校好在培育學生感恩的心。於是，兩位心存感恩的好學生接待周到，帶我看感恩校舍。我四圍參訪，像準備替女兒入學的家長，但我從來沒有一個女兒。我特別想看感恩校舍的室內感恩球場，因為這球場孕育了近乎逢賽必勝的感恩籃球隊。感恩球場燈光奪目，好耀眼，球場旁邊有一對古舊木門，門牌明白地寫着感恩雜物房，感恩學生説裏頭放置的是球類用品，和一些沒用的東西，沒什麼可看。既然感恩學生説沒什麼可看，那就是很值得看了。門甫打開，裏面燈光暗澀，幾層鐵造的儲物架生了銹，架上很多紙箱，紙箱裏面金光閃閃，載着很多我們恨不得置於校務處前的榮耀獎盃。我問同學哪個是學界籃球總冠軍的獎盃，她説全部都是，問我要看哪一年？然後我又問為何不把獎盃放在當眼處，至少陳列在感恩球場激勵後進。同學就告訴我，這些只是過去，我們要看的是目前和將來。原來這樣。你們說，把榮耀獎盃放在雜物房又說這些話的，到底是不是大笨蛋。原來我們才是大笨蛋，誰說不是。西西說我們走過櫥窗時看見衣服很美，我們以為自己穿上也會有同樣的美，但可惜我們不是卓姬，卓姬穿上才有卓姬的美，我們穿上其實什麼都不是，我們都是大笨蛋。有些校長、老師也在別校的櫥窗巡弋後怕吃了虧，於是照辦煮碗。然而，感恩學校的價值不在榮耀獎盃，獎盃帶來的榮耀只需留在雜物房，價值卻體現在感恩學生身上，到底我們什麼時候才明白？

雜物房有天要說，我在你們這裏要到幾時呢？我忍耐你們要到幾時呢？我們會說：我們不知道。

……

「OK OK，咁不如我哋試下將雜物房仔細地翻一轉，睇睇可唔可以翻出咩野新既教育哲學嚟。」

文學咖啡香

烘焙咖啡香穿透人的神經，就像按摩着原來緊繃的頭腦。想像從前日夜顛倒的生活，現在能如此自若地讓咖啡香充滿書室，才頓覺原來以往沒有讓咖啡香飄散來刺激思緒，無怪乎怎樣也寫不出好作品來。黑咖啡是巴爾扎克的必需品，好作品又能刺激胃部與神經，故此，可以這樣下定論，什麼時候呷一口香濃咖啡，什麼時候可以寫出好作品，什麼時候可以成為巴爾扎克。

我們都活在功能主義泛濫的時代。這段日子很多教師發展活動，我也穿梭遊走於不同場合分享，談文學與文化在中國語文學習的價值和意義。凝定綺麗的陽光映入，原來數位老師早已呼呼大睡，一副洗淨鉛華的樣子毫不矯飾，就像平淡蓑煙裏的自由人，如非必要，請勿冒犯。直至談及公開考試的做法，同輩手肘一碰，他們都醒過來，徐徐取筆寫字。我們不能太奢望老師對「文學」太有承擔，文化遺蛻非考評所需，若問時間效益當然要小心選聽，過多資訊有時會影響了對考試的專注。而我卻不甘於時代蛻變得太快，不聽我也罷，另一回我倒把香港幾位著名作家叫來，或講座或工作坊，我就是不信如此名氣作家到來也不聽。結果，可真是大失所望，原來老師們所謂不聽，就是連參加也不願意，他們的反應雖不至於隳突叫囂，反正支吾以對就是，言談間就像在磨洗前塵，重構往事，話題輕易便轉向考試太難啊！不是人考的，學生不滯啊！須加強補課，反正沒一刻關注於文學事業，此刻還要他們抽空聽作家講座，根本是徹頭徹尾地要了他的命。我只慨嘆中文系出身的人竟對文學如此冷漠，就像羽化，也像登仙。那天講座後，終於，我恍若洞悉了別人的緘默或虛應，有時不能把美學看得太純粹，時間取捨終究是手段，價值取態仍然是本質，各人有各自選擇，勉強不來。我遂在房間內呷一口同事新購送來的咖啡，如此濃香，算是抵銷了老師們不領情所帶來的悵惘。然後，同事也隨我跑進來，問起送我的咖啡口感如何，我大概興奮太過，喋喋不休地在說喝咖啡的好處。咖啡因能阻擋腺苷，促進睡眠；也能提高腎上腺素和多巴胺，產生提神作用；此外，黑咖啡燒脂，也抗氧化；咖啡中的綠原酸和咖啡酸能對抗自由基，聽說抗癌；甚而可防阿茲海默症和帕金森氏症，中老年人應該注意。然後，同事只淺笑了笑，所謂口感問題，何以我突然變成咖啡推銷員。頓時，我才發現，原來自己也是個不折不扣的功能主義的人。

偶然會有友人問起，喝咖啡是會用上粉囊、咖啡粉，還是咖啡豆，我老實告訴友人我只喝粉囊裝，一來咖啡粉沖調不見得特別好，咖啡豆自己磨顯得太花時間。我不是不知道自己磨咖啡豆的好處，尤其是阿拉比卡咖啡豆，咖啡因低，適合現代都市人追求健康的生活態度；同時脂肪含量和糖的含量稍高，味道帶點梅果酸香味。至於羅布斯塔咖啡豆，咖啡因含量較高，味道苦澀，且綠原酸含量高，可以抗氧化。然而，我又不是當咖啡師，也不是當採購的，喝咖啡純為了提神、放鬆，甚而是一種生活態度和品味的追求，犯不着喝每杯咖啡也要談論它的烘焙度、酸度、香氣、產地來源等，我知道咖啡的香氣不同可產生不同的口感，果香、土地芬芳、煙熏、花朵香還是堅果，對舌頭存留的餘香會使我們留有不同的感官快慰，然而，對於我這種近乎不求甚解的喝咖啡態度，可以說最珍視的只有呷一口咖啡後帶來的精神舒緩，至於所有對咖啡的知性與認知全都不是我的考慮。就像在一次會議中談論到中學語文教學，有些與會者認為語文學習最重要就是語文知識，逐字逐句的字詞解讀、語法、句式、修辭格也要仔細分辨，至於作品的文學性似乎不在他的關注裏。我不是不認同逐字逐句的字詞解讀的重要，大學時受學於徐芷儀教授，語法學就必會有一定底子，大學畢業論文研究郭店楚簡，並隨恩師張光裕教授著書立說，我知道文字聲韻訓詁當然是語文教學的必須，然而中學語文教學也無須只求語義，作品的文學性和其中所呈現的文化意涵也必然是重要的考量，我們怎能忽視作品中的文學性與美學。對於這種過於偏狹的意見，我索性把它當作夢囈，且是對疲憊的肉體予以最消極的對抗，生活太重視知性，似乎忽略了浪漫思潮如何重構想像，我們不要以為看見了所有知識，其實我們也在被觀看，在雜沓不齊的教學現象裏，我們什麼時候會看見明淨的泉眼，當我們看見大海，我們也要懂得水裏有石有魚有珊瑚，同樣，我們研究魚種，也要懂得享受大海澄藍的壯麗與變幻。如果語文學習欠缺文學美與文化意義，就像喝咖啡時舌頭暱暱於唇沿所殘留的口水，終沒有嚐到它的馨香，而終有一天就如水分瀝乾，而失卻了其中的香氣。

近年深水埗大南街開設了新興咖啡店，掀起了一陣陣追求文青品味的生活風尚。尤加利葉、小雛菊、薔薇、薰衣草，花香猶存，咖啡店外一束束乾花，擺放在一排排估計是北歐黑胡桃木前，更顯得雅緻。青年輕緩地彈奏着小提琴，和弦聲與咖啡香攪混出特殊的美學，我閒坐在街頭，享受此時此地，感覺就像在波特萊爾的巴黎。我看見桌前兩個穿着日系和風穿搭的少女，大圓娃娃領，格子紋卷邊長裙，典型的文藝青年形象，兩人叫了兩杯咖啡，咖啡由熱轉冷一直沒喝，這是她們的裝飾，姊妹二人互相逗趣，轉換姿態，拍照是本業，這年代很普通平常，本來也沒什麼大不了，後來，她們在沒有情由下肆意地把乾花搬來端在桌前，還折了幾枝放在肩上、腿上。我敢肯定在我和其中一位女子對上眼時，她向我展示了溫儒且友善的笑容，就像沒想過折花其實是不合宜的事。然而，縱然大家都坐在做各自的事，一個小時開來，所有人都沒有對話，姊妹二人也沒有，她們都在按手機，「人們每天遭遇這麼多人，彼此照面卻不攀談；彼此不了解對方，卻又必須安然無恙地相處在一起。」波特萊爾所說是對於巴黎現代性的體現，而「冷漠」就在現代性下無可避免地形成，我也無可避免地在感受着。如果可以，咖啡店裏的人應該開始對話，談季節遞嬗，談潤物無聲，談歲月的蒼白與痕跡，有時表情纖細，有時聲音溫熱，咖啡店就是理想的場所。如果我們要真正走向唯美，這裏除了要添加特殊性，還當認真確切地替咖啡店增加文學性或藝術感，藝術是城市化中的缺欠，而咖啡店就是藝術再現於都市的發源地。我又想起好些年裏辦了許多文學活動，統統都為培養年輕的文藝青年而幹，若不是為了他們，自己或者可多書寫幾本散文或小說。然而，文藝活動不是敷粉妝，讓兩頰添紅也不是志願，這些年培養了好幾位年輕文學人，或論著、或創作，並非文化偽裝，也不是文學拓印，是真切地戀上文學。生活在暖色系中的文藝青年，在香港社會裏，他們知道文學之途或者無可企及，又或是難以出頭，然而，正如潘步釗所言：「不要說得太響亮，連自己也感覺荒涼。」文學無小事，卻不能造次，只要平穩踏實地在幹，任他人笑岔了氣，我看見的只有在文學路上的恆熠星輝。

又是呷一口咖啡的時候。文學的道路多末是歧途，然而彌足珍貴的正正就是它的迥異，如果在巴山夜雨漲秋池時老早知道君之歸期，那又如何能寄託於西窗共剪燭，話巴山夜雨，而李商隱也不為我們所稱頌。咖啡香四溢，刺激我們的神經，就像讀文學的人，不因雨寒，卻在細味那寒雨中的綿綿情意。

新名校演講記

有些作家不好演講，只迷醉於文字世界，一般來說，都是些具份量的大作家，重視文字書寫生命圖譜。而有些作家特別愛演說，一來推銷自己作品，二來呈現一下文學造詣。而我兩類都不是，寫作不怎樣好看，演說不怎麼動聽，但有時還是答應談談寫作二三事。若是公開演說，小眾可以，一旦人數眾多，就只會答應到中學或大學演講，皆因學生文藝推廣還是我頗感重視的。

下午三時十五分。

那是陰雨初晴的下午，港島、英文中學、男校，拼湊起來很厲害的樣子。我也不敢怠慢，提早四十五鐘到校，以表尊重。事情是這樣發生的。甫踏進學校門口，攤坐在接待處的工友以不太友善的語氣查問，幾乎要喝令我的樣子，請我說明來歷。其實我有什麼來歷我也不知道，只好告訴工友我是來找化名黃國輝老師的。誰曉得這樣一來工友甚是不悅，坐直身子，以半責罵的語氣回說：「先生，這裏沒有黃國輝老師。」除了「哦」的一聲，我只好故意用輕鬆語氣回應：「有，有，任教中文科的。」工友頓時緊皺眉頭地說：「先生，我再說，沒有什麼黃國輝，你一定是走錯學校，旁邊別的學校，你過去查問吧。」場面尷尬。忽然想起，港島、英文中學、男校，遂告訴工友我來找中文老師 David，工友就像忽然聽明白了：「哦，David 老師，講英文呀嘛，什麼黃國輝，以後講清楚。你現在上一層，到校務處登記。」可說是鬆一口氣，也連聲道謝，欠身便走。真是意料不及，我也曾在英文中學任教，就是沒有遇過請說英文的工友，深諳氣派從校門開始。

下午三時二十分。

校務處，傳統深色澤木紋理櫃位，燈光暈黃，大圓掛鐘，周圍特別安靜，氣氛就像在說着「沒事別找上門」的暗示。裏頭只有三位年長的女職員，像一輩子也在這裏工作的模樣。案頭沒有按鈴，唯有揮手示意，終於給貌似最年長的女職員發現，她瞥了我一眼，然後充當沒看見，繼續排列那疊起來比她坐着還高的文件夾。我感識趣，裝出在背包中尋找什麼的樣子，稍事等候。終於，女職員在遠處揚聲，查問我是誰？有什麼事？於是我告訴職員我是來演講的，地點在學校禮堂。女職員頓感困惑，反問我什麼演講，卻也沒有給我說明白的機會，便揚手請我自行跑上兩層樓，到教員室找老師了解。啊！如此！其實心頭不是沒有看「水牌」徑自往禮堂的衝動，畢竟在學校工作多年了。就是因為工作多年，大概懂得有種霸氣女職員的作風，唯有聽命。教員室，就這樣走上去，我不是不懂得將會獨自生出怎樣的尷尬，David 老師還不是老早告訴過我他在上課嘛？事前也想過請他找同事來接應我，只是體諒他的難處一大堆，就答應到校之後自己前往禮堂可以了，雖然我一直不知道禮堂在哪裏。前頭是教員室了，真是意想不到的靠譜，總是有些風水緣由可打破尷尬的可能，突然冒出了一位中文老師 Cynthia，以非常歡迎我的口吻，接待我往會客室安坐。可是，我又不是什麼貴賓，意想在貴賓室也只會說些無聊閒話，倒不如直把我帶往禮堂就是。Cynthia 好客，語帶興奮說：「陳老師來訪，難得難得！」「過門都是客，免不了茶水招待。」說話之間，Cynthia 把貴賓室門推開，怎料門被後面的傢俬頂着開不了，Cynthia 驚訝地叫了一聲，才猛的想起了什麼，然後告訴我學校近日在執整文件又整理家具，把貴賓室堆滿，她一時忘了，然後繼續失笑。其實我沒有什麼，索性陪她訕笑，Cynthia 便提議帶我到圖書館參觀，我也不懂怎樣推卻，而 Cynthia 已經開始往圖書館的路上了。

下午三時三十分。

我就這樣跑落四個樓層，終於到達位處學校最低樓層的圖書館。Cynthia 忽然問我要不要先往洗手間去，我説可以。誰不知洗手間出來後空無一人，Cynthia 就此消失了。我唯有獨自推門走進圖書館，有些空堂的學生聽見門鉸發出的怪異聲，轉身過來，瞪眼看了我幾回，打量上下，然後是竊竊私語的模樣。突然在圖書館櫃枱有位先生向我問好，顯然是圖書館職員，我告訴他有位中文老師 Cynthia 剛才和我一起，她説帶我參觀圖書館；圖書館職員彷彿聽不明白，告訴我 Cynthia 老師的確曾經進來，可是她看見頗多同學後説：「啊，人多，沒事，我先回教員室。」然後便離開了。我一下子愣住，來不及解説，只好請眼前這位好好先生帶我前往學校禮堂，我告訴他我是來演講的。這位圖書館職員展現出孩子臉，還問我既然到禮堂演講，跑來圖書館幹什麼呢?當下，我也很想知道，我為什麼會在這裏，然而看來，只要圖書館職員願意，我或者可前往禮堂了吧！

下午三時三十五分。

沒有，圖書館職員沒有帶我前往禮堂，有人柳暗花明，有人轉彎抹角，真是意料不到，也無法想像，圖書館職員這好好先生竟然帶我回到原初，我再次來到這個燈光暈黃的校務處，校務處氣氛不但沒短時間內向好，彷彿更加沉重，抬頭除了瞥見大圓掛鐘，又是令人聞風喪膽的女職員。聞風喪膽女職員現在的樣子像極了創校以來已在這裏工作的話事人，她忟憎又煩躁地看我，更嚴厲地瞄了好好先生一眼，霸氣的模樣走來加上劈頭的指責，好好先生呆頭呆腦也準備聽罵，「你為什麼把他帶回來，我明明叫他往教員室，你們在搞什麼？」好好先生怕得要命，沒說圖書館參觀的事，簡單直率地說：「他要去禮堂。」聞風喪膽女職員更是怒不可遏，語氣更不好了：「圖書館先生，你沒聽見嗎？我說教員室，我沒說禮堂。」一片岑寂。聽罵後呆滯大概是消氣之法，只要給主事人好好表達，主事人必然會提出解圍之法。果然，聞風喪膽女職員繼續嚴厲地抱怨，就像差點沒說過夠，不斷重複「真不明白」這樣，和「真不明白」那樣，然後以總結局面的語調說：「這裏是校務處，不是禮堂。要去禮堂就去，這裏是校——務——處——」好好先生怕得退開兩步，請我隨他，固然聞風喪膽女職員的聲調一直在我腦內縈繞，如童騃時無法略去的怨罵聲。

下午三時四十分。

真奇怪，禮堂不是所有學校都有嗎？神秘得如此無法靠近。如跑了一趟驛旅。終於，眼前是似曾相識的禮堂格局，卻沒有亮燈。好好先生餘驚未了，但為了盡責照顧被遺棄在圖書館的學生，請我自便。然後走進漆黑一片的禮堂，向第一行學生椅行進，我就這樣坐着，眼睛朝地板看，呆滯的等待如求籤查問自身。我也想像整個禮堂滿是聽講人潮，都是男生，男生聽文學本來就是種挑戰。我沒有想過在自由之夏竟和一群男生談寫作如何令人不可思議，我只假設生活二三事仍可毫無保留地驅使靈魂動盪，觸碰靈脈使之成為寫作的起頭，如果其中兩三位學生終將在未來日子老實地寫作起來，那就是演講的意義。突然，「嘩」的一聲在台上傳來，聲音來自學校的電腦技術員，他毫不否認是被台下座席中的黑影嚇唬，來歷不明如我，就像異鄉客般被職員查問，問得清清楚楚。

沒想過一次作家演説，從校門到禮堂會受着如此多次查核，原來獨在異鄉為異客的感悟也不是虛情，一瞬與永恆就像沒有分別，如此這樣契合在一起了。

下午三時五十分。

直至我看見禮堂古舊建築的奇瑰，地板古色古香的質感，樂器如金聲玉振的雅緻，都是在亮燈後才發覺的。此刻，David 老師出現了，終有如釋重負之感，就像沒有身世的飄蕩尋得落腳，那唯一真懂得我來歷的人可以好好把我安置。正當 David 老師與職員在後台處理電腦簡報之際，獨自站在台前的我恍如鎂美燈下的星輝，學生都在注視。倏地前排第一行的學生不知何來的膽量，或是平日過度自由之故，毫不避忌地在席間大聲地向鄰座同學提說：「喂，台上這個人是誰？」鄰座同學聽後大驚，立刻禁止他，以更快狠準的粗說話回應：「呀，不要這般大聲啦，台上的人聽到啊！」──啊！我可實在聽得清楚，話語間夾雜了粗話。然而，我理解他們不是故意的，因為從兩人的身體語言上可見，他們皆有設法壓低聲量的關注和意欲。而我要說的是，清通與自然地說髒話的習慣大概由來已久，且在語言系統內早已穩固地扎根與成形，才形成如此自若的無意識表達，我幾乎可以肯定。

下午四時正。

面對最真實的自己有時很容易，經過如此奇異的四十五分鐘，此時此刻，的確有難以言說的感受，因而萌生了害怕演說的念頭當然也是人之常情吧！然而，既來之則安之，對象是眼前學生，我還是義無反顧，況且說不成有天席間出了個莫言或沈從文，功德無量。去吧！來進入文學的視界，擁抱文學的純粹，注入文學的瓊漿！啊！好神聖！在這種湧動思潮下，講座終於開始了。David 老師替我作了開場白，並請班主任老師回教員室休息，講座接近完結時可回來接應。David 老師是學校的中文科主任，受學生敬重。敬重歸敬重，服從還服從，又來了，一次又一次的不安分再度發酵。席間有位外貌端好的學生突然舉手，David 老師雖感不妥，仍接受學生表達。這位學生也不是隨隨便便，先是請電腦技術員替他送上一支咪，企立發言時聲音就如演説家：「David 老師，你好！感謝你為我們安排作家講座，難得。然而，你剛才提到班主任老師可就此前往教員室的説法，我實在不敢苟同。班主任老師猶如我們的父母，當我們整級同學在這裏，班主任老師理應陪伴我們，畢竟與學生一同成長是老師的責任，也是我們所重視的，故此，我懇請所有班主任老師留下來，陪伴我們。同學，你們説對不對？謝謝！」隨即哄堂呼聲，掌聲連連，甚至有學生手牽班主任老師衣履，作不願老師離去狀，幾乎要掉下眼淚的樣子。David 老師一時反應不來，導出片語：「放開吧，不要拉拉扯扯！」這樣一來氣氛就熾熱了，借題發揮，學生真會偽裝，裝出滿臉難過，哭腔表示：「老師我不放，我就是不放！」場面一發不可收拾。學生哥，快樂啊！終於，David 老師回過神來，請電腦技術員取回學生手上的咪，同時宣布現場的班主任老師可離開禮堂。而當老師離席之際，學生終於平靜下來，班主任老師也自然地離開，在安靜中信步離場。然後就到我演說了。真是可愛，一群活潑的男生，看他們的相處，其實他們和老師關係也是真的要好！然而，我這個由始至終的外來者置身其中，除了徒添了學校和老師的壓力外，其實說得上可有可無，我幾乎肯定整個講座不會太容易，或者說這場講座在文學以外或者可增添文化教育的必要。文學無小事，聽風任隨行，這場原本困難重重的文學講座，最終還是在比較自由的方式中漫過。

胡燕青教授在《蝦子香》中有篇為〈名校演講記〉，而我這篇拙文沒有胡老師寫的好，也只如演說劇作。然而，雖如劇作般的情節，也特此為記，又告訴自己繼續寫作的價值，和不演說的意義。說來奇怪，名校不名校，本來沒有人替學校冠上名校之名，然而，只要街坊街里說它是就是，不是就不是。所謂名校傳說，當自有價值，然而，也不必過度催情，青春夢幻有時也是快樂的回憶。

迷離教育

我不知道教育是不是很迷離，然而近年愈發感到自己在經驗着迷離教育。什麼地方迷離？什麼地方也迷離，有時撲朔迷離之極致。所謂懷疑人生，懷疑教學是教學不是，懷疑培育是培育不是，懷疑老師是老師不是。

可不是誇大其辭，同業同感一聲哀鳴。這幾年在大學授課，學生奉行自由主義，要老實地談傳統說古法可不是易事。不是嗎？比方談寫作，試問哪個老師不請學生多讀多寫，方法是提了，好些時候還是給滿臉吐槽，學生好像都在求其捷途，更直截了當的索性提問怎樣得文學獎，有按體裁提問的，如散文、小說或微型小說怎樣寫，有按文學獎提問的，如大學文學獎、城市文學獎或青年文學獎怎樣寫，反正當我是獎金獵人，豈不知道我從來沒有參過獎，就連半份參賽報名表也沒填過，我怎知道怎樣得獎，當評審是我和文學獎的唯一關係，評審就是按自己的寫作觀來評。若硬要說怎樣寫作才叫好？有人評論《流俗地》時說黎紫書的作品「無一字懈怠」，如學生向這方向做，做到就是好了。於是，大學生告訴我《流俗地》篇幅太長，語境不是香港，黎紫書是大作家，文學獎不至於無一字懈怠云云（同學還問起「懈怠」的本義），請降低要求。我隨口請同學回去寫 Instagram 算了，於是換來不近人情的評價。我也曾鼓勵學生閱讀經典，學生說經典太沉悶，流行作品才有快感，我只能說你的快感和我的快感不同。

這些年大學迎新營鬧出新聞，就像幾年間來一次哄動，日光之下無新事。但不要以為沒鬧上新聞就等於平凡是福，有些狀況於我來說也甚稀奇。有次和幾位大學生晚飯，談及剛過去一星期她在別的大學當了個迎新營組長（所謂「組媽」是也），我不理解何以是別的大學？難道沒有自己的大學嗎？後來學生告訴我，這是基於男友就讀大學工程學系，系內男多女少，於是請她參加。事緣是男友的同學在 Instagram 上看見漂亮的她，隨即落力邀約，而男友也感榮幸，請求她答應，於是兩人志趣相投，事就這樣成了。只怪我守舊，這些同學有什麼企圖，恍如路人皆見，參加是榮幸？不參加才是慶幸，若我有這樣一個女兒，肯定不會容讓她去，我還要把男友找來教訓一頓。然而，席間的學生愈說愈亢奮，露出喜悅之情，告訴我參加迎新營還需要面試，由一班工程學系男生通過，她不但被選上，還在營來廣受注視，男友多有面子。我不知道我是否太過保守，難道女兒家不是要保護自己嗎？固然我也被席間幾位同學取笑一番，說我太落伍了。迷離，果真迷離，我當然知道價值觀因時而異，卻原來到了這種地步，存在之於是，虛無之於是。

大學課堂時間一般兩到三個小時，本應預料大學生有足夠持久力應付，其實不是。窗外明明風光爛漫，落羽松色澤如走進夢幻行旅，大學學府根本增添了唯美的校園生命，於是，在講課時我也特別起勁。大學教育着重思辨，學生來挑戰本是好事，那次坐在課室角落的一位學生舉手提問，我還雀躍地請她提出，學生也就不演，老實地說：「老師，我昨晚夜歸，今天早堂，睡眠不足，我要稍睡一會，為表尊重，先請示老師。」然後趴在桌上抱頭大睡。我聽後恍然地感奇怪，如此坦率，如此有禮，我應通情達理地答允？還是不近人情地拒絕？以往有學生自我提神，也有請示往洗手間把臉洗一洗，怎麼來了個直率的睡覺請求，這到底是怎樣迷離的狀況？原來思辨在我。還不止於此，在同一課堂內，坐在課室中央有學生突然電話鈴聲響起，已沒說到底為何上課時不把電話調校至靜音模式，反正響起，乾脆按鍵掛掉就是。可是，真意想不到，學生竟然在我講課同時接聽電話了，且用平常與友人閒聊的方式在自說自話，也沒有重要話材，無非是待會吃飯地點之類的溝通而已。就在這時，我亦停止了講課，學生終於把電話掛了，羞笑了一下，也說了聲抱歉。然而，最無法理解的是，整個課室內沒有學生提出質疑，我也按捺不住地提問：「你們不覺得這樣有問題嗎？」同學皆微笑以對，反而有位男生回說：「老師，也不是談了多久，可以接受。」男生說後自己再點着頭傻笑。我明白學生早已脫離了中學教育，然而在比較自由的大學學府裏，卻不可因自由而輕易漠視互相尊重的價值意義，我最終還是好好地把學生教導教導。教導還教導，我感迷離也是事實。事實歸事實，在我仍若有所思之際，便在下課後獨自前往飯堂吃飯，企圖以滿足物理上的需求來權充心靈上的富足。甫踏進飯堂，在購票隊列中無法躲避，猛然塞進耳窩的是一連串極度流利的粗話，來自兩位排在後頭又衣着輕便的女生，我以為粗話是男生的慣性，卻原來女生也如此純熟，不必羞澀，反正就是慣用語，固然說得自在。排在前頭的我一副嘆息的樣子，驟看來還以為是因抵不住飯菜款式陳舊，其實錯覺有感自己是被罵粗話的對象。我亦把自己當老師的身份壓制着，根本我也只是飯堂裏微不足道的食客而已，其他什麼都不是。說到這裏，也只能慨嘆世途不好，頓感現在當老師的確比以往困難，以往猶能明晰地辨證價值，現在好像沒有標準界線，模糊也迷離。

教導學生非朝夕，還不如臆想教育現場可提供怎樣切身的經驗。基於疫情肆虐全球，這幾年中學生沒有出遊，就連在香港到處走走的機會也沒有，因而我感遊學之必要。就在疫情見好，所謂後疫情時代，我還以為學生應把握時光四處遊歷，見識從未見識過的世界。本以為這屬人之常情，才發現有些學校有感學生在疫情時候上課不足，遂即排山倒海的補課接踵而來，學生似乎一下子要適應超額課時才是最新考驗。聽過有學校安排學生逢星期一、三、五晚上加開視像課，用以追趕課時，特別是星期五，不是稱作「Happy Friday」嗎？視像課到底有多少快樂呢？又聽說有小學安排學生於早上七時十五分開始上課，那末學生就要七時到校了。我不理解，如此這樣學生和老師怎會有足夠的睡眠時間？睡眠質素難道不重要嗎？更何況是，小學生到底有什麼需要如此追趕？還是這等學校在追趕着什麼？實在使人摸不着頭腦。先不談論小孩，若然是我們已成年的，有天被困囿於無法逃離的狀況，身心受創如情感結痂，卻突如其來能逃出生天之際，按人之常理，我還以為人皆會設法外闖，為要重新呼吸自由空氣，再次觀照世道尋常，勉力恢復靈魂意志。可是，基於認為這段被困的日子失去應有的意義，至少被認為減慢了認知意義的速率，故一連串精修課程系統早已準備就緒，作為我們重投社會奮力補強的手段，深化補遺而創造新生命的迸發與精爽，天天上進幾乎要喊出生命內韻的吼聲，從而證實知來者之可追的可貴。我不是說成績不吃重，我也重視，畢竟進大學有意義啊！然而，平衡生活也是重要的，如果過度催化，學生過於辛苦了，老師也是。教育不是純然追趕成績，除了成績其他什麼也沒有，不是迷離是什麼？天天活在迷離大宅中，身心俱疲。所謂己所不欲，勿施於人，若是能行，我以為應讓學生把握學習體驗，更可外遊各地，放眼世界之視界，重新審視個人之渺小，從而理解我之為我的價值和用處。適逢所有學生要在中五到內地考察，可謂正合時宜，能四圍遊學，不單提高個人自理能力，也能在風土中理解人情，紙上雖能談兵，但游談也不能無根，根之所在，全靠親身體會。然而，可惜的是，又一趟補課爭奪戰似乎已在發酵，學校盡皆如箭在弦，拼命豪奪補課時間，為了把知性的靈魂灌滿，十全大補藥早已煉妥，在久經岑寂的冬窗後，春潮正恰勃發，林間也發幾枝，老師能做的必定要做，且比起疫情前做得更多，才對得起考試卷賦予我們的意義。

學生不易教，老師也難説服。其實沒説服的必要，因為各自有教育觀和教學意圖。好些年來在學界替教育當局、大學、中學或文化機構分享，很多人士提出香港學生的中文水平下降，功利主義抬頭。下降的前提是本來比現在要好，才驅使向下發展的趨勢，我不知道上一代的中文水平是否比這一代好，這一代是否不如上一代，其實江山代有才人出。然而，功利主義對教育的影響可大。許多時候，聽說學生語文水平好幾乎等於公開試成績好，中文老師亦以學生成績權衡語文水平，可是，許多年前已經常談論成績好能力低下的學生表現，所謂「高分低能」，至近年間這種現象比比皆是。簡單來說，香港高中中文教育有兩途：第一途是以公開考試模式作為教學基礎，文言教學主要教授指定篇章和公開試課外文言文選篇，白話篇章就只教授公開試所選，所謂教授其實只請學生作答舊試卷，然後就是所謂「對答案」的工夫了。你說迷離不迷離？整個高中學年都在作答舊試卷，寫作其實只在努力作答公開考試舊題目，不悶死才怪，至少發瘋。然而這種教學方式幾乎是香港中文教育的主流。主流如是，無怪乎大部分學生都是主流表現，主流程度，基於主流追求。怎說不迷離。至於另一途，被視為歧途，因而選擇這種教學的中文老師寥寥可數。此途以文學學習作為中文學習的關鍵，重視學生閱讀文學作品，甚而整本書閱讀，有讀散文、小說，也讀詩，而老師就在討論書籍意義中深入指導，至於寫作學習關乎個人想像，學生也就多寫自己想寫的題目，重視學生建立獨特而有據的寫作思潮。反正文學作為中文學習的必須，此途的最終意義是以愛上文學作為教學目標。當然有時仍當作答舊題，適應考試方式。然而，這種歧途被視為空無實質意義，換個傳統說法稱之為「out of syllabus」。既然看過以上兩途，老師也就分途出家，各取所需了。不過，這裏想說明的是，基於考材不就是教材，若純然只以考材作為教學的主體，學生必然錯過不少優質文學作品。而閱讀優質文學作品卻是學好語文的關鍵，甚而大力鼓勵學生購書，書到用時，還有一系列藏書票、書籤等玩意，豈不樂乎？我是這樣相信的，這幾年也自然地選擇了後面一途以培育學生。如此這樣，考試結果也出來了，學生也有很好的表現和成績，都是聽教的學生在學習，認真學習文學作品還是根本，教育局倡議多年，我也在其中推波助瀾，鼓勵老師不要放過文學閱讀，學生終會愛上中文的。話說回來，在分享會中一些老師有感我的學生成績不俗而表示驚訝，大概以為我在弄虛作假，然而，對於文學閱讀的意義還是深表認同的。可是，認同歸認同，行動歸行動，教育迷離在於老師取態，最終看來老師仍然相信作答舊試卷才是教學主流，學生做卷作為課堂日常，始終不相信文學作品自會說話。

我欲說迷離教育，只是，誰可以弄清教育的意義和本質？意義和本質乃形而上，其實在實際生活中任何時空都是教育現場。不是嗎？《論語．先進》篇曾皙說：「莫春者，春服既成。冠者五六人，童子六七人，浴乎沂，風乎舞雩，詠而歸。」難道這不是一次遊學之旅嗎？老師在，學生在，是最實效的遊學驗證，在最太平盛世之時，這種學習期望不是應該得到大力提倡嗎？過程中上至天文，下及地理，物理現象，觀察學習，譜寫新曲，撰文賦詩，只要師生共構，學必有成。孔夫子說：「吾與點也。」看來幾千年前的教育意圖比起現代人更加現代，比起所謂進步的思潮更加進步。我們怎能不學《論語》，只是想到如果向老師推廣《論語》教學，不知又有多少老師在認同之中又立時想起怎樣構築「背默」的光譜？來不及深入地析述《論語》的意義，只消把書默好。還有，特別重視後設認知的老師且要加上終極提問：「所選取的《論語》範圍於公開考試提分的角度來說，到底有什麼顯著作用？」然後，又一次新的補課正在醞釀，正在發酵，正在全副武裝。你說迷離不迷離？

雲淡風輕，我在我城閱讀光影

那夜觀賞了廖志強導演、吳美筠監製的文學影像，電影以八位詩人的書寫為根本，拍攝成獨立電影。影片分作兩部分，前部分獨立成片，主題為「失落的詩城」，後部分綜合幾位詩人書寫貫穿而成，主題為「尋找我城」。

我不是讀電影的，但這部文學電影觸及了好些文學視角，那就自然可以作為一部文學作品來閱讀。要知道導演不是要拍出文學與影像對讀，而是要藉着詩人的書寫重新開拓，作為獨立視角重新向觀眾說話。

「失落的詩城」以鄭政恆書寫〈樓梯街〉為藍本，以快鏡剪接方式切入，就像在說歷史的演變。一位女子在樓梯街附近尋找從前和歷史，電影選擇了具探索感的音樂，呈現主角沿街走路，在行走中攝影、尋索和思考，無論是「陳列着瓷器、象牙、名畫與雕刻」，還是「青年會赭紅的外牆、漆黑的鐵梯」，就像在記錄從前的歷史定格，又彷彿與魯迅在青年會相遇，雖然老調子已經唱完，但仍舊「聽見喧嘩如潮的沉默」。在這失落的的詩城，電影以樓梯街的拍攝作為重構我城想像的開始。

經過對歷史的想像，就像走進當世的處境。電影走進了吳美筠〈休憩界限〉的詩作，以戲劇方式拍攝一位似是露宿街頭的青年男子。他拾取一張報紙，內文與政事有關，男子把報紙丟掉，顯然對政事不加理會；隱約看見袋裏的結他，他是玩音樂的。如此對照，就像在説明現世的選擇，也作為後部分的伏筆，這種微小的電影語言，十分隱藏，卻有力量。然後，男子就在界限街的長椅上躺着，雙眼凝視碧天，這年頭，日子就像「在垃圾房乞求午睡，蜷曲的膠蟲，像曳不走的背心袋」，然而，「天橋底不屬於任何人」，電影鏡頭一下子聚焦在翠葉下陽光映入，又改易了清新的劇場音樂，主角雖然躺在街道旁無人問津的長椅上，但休憩自在卻是屬於他的，縱然他是草，也是微粒。那末，我們要問，我城到底是否容許休憩的存在？休憩與生活本質是否必然相對？誰有休憩的權利？進而，我們更會問，到底誰為我城定界限？故此，我認為八位詩人的創作結合成前後兩部電影，事實上都在這首着意探討「我城界限」的詩作和鏡頭下定調，然後再在其中開展一個個我城的故事。就是說，「休憩界限」其實就是我城界限，也成為我城故事中理應思考的問題。

飲江〈於是你沿街看節日的燈飾〉寫出《去年煙花特別多》的想像，「今夕復何夕，煙花多璀璨」。電影以默劇人的方式演繹，我認為導演的選擇是在呈現我城一張張蒼白的臉，對照地下鐵多重曝光的影像，緩慢的敍述節奏，「漫漫長夜不知是囚徒的幽默，還是囚徒的諷刺」。電影選擇以藍色光影呈現這世界，主角在人聲中默念着自己的孤獨，他不是沒有曾經外出的可能，然而再次折返，對着沒有質感的畫面，吃着自己的麵。如果詩作是呈現了節日裏沿街的燈飾，電影卻有力地呈現燈飾背後的乏力。在界限裏的故事，這或許是我城裏最多人的狀態。

至於劉偉成〈鰂魚涌濱海街〉是重新說了一遍故事。「我遺下一些東西在那裏，你提我找回。」電影以黑白鏡頭訴說孫兒替爺爺尋回從前的記憶作為藍本，蒙太奇的拍攝方式，以快鏡呈現多重影像，在不同的畫面裏尋找碎片化的從前。日光快速映入和快速倒退，是時間的明證，就是要說明「每天上班下班，我都走過，這條不起眼的街道」，它或許只有「回收紙」或「街尾肉檔」的畫面，但原來可以是某一代人的重要記憶，或者說是大部分記憶。電影選擇貝多芬的音樂，畫面瞬間轉為彩色，宏觀拍攝鰂魚涌海景，「爺爺，我替你找到了。」找到了那份平常街道裏的日常，也找着海傍那「見證時代的水平」。

「尋找我城」是電影的第二部分。電影以周漢輝〈上坡．下坡〉為本，假設舊時代的錄像拍攝，以長鏡頭的拍攝方式，呈現主角的內在心理時間。導演沒有選擇重映詩作的書寫，而是重新創作獨有的故事，在隨便的公園打籃球，吹泡泡，顯然長鏡頭想說白的是細水長流的父子情。而後部分紅衣男子的處理，以時空重疊的方式，藉鏡頭移動彷佛自己在看着從前的父子，也在看自己的長大。後來，那對男女對答時，「和沿街你告訴我的家事」，後面出現的男子就像是自己在看着自己，電影的意象原型大概需要觀眾多一份省思。

而梁璇筠〈回到香港仔〉詩作，導演選擇以介紹式的方式拍攝，無論是鏡頭移動還是場景切換，鏡頭選擇以慢鏡逐步放大，或快鏡聚焦，又以低視角拍攝呈現場景，顯然是在聚焦香港仔的特寫，例如天后古廟的地方景致。此外，以宏觀視角拍攝香港仔的遊艇或躉橋，也是在說明這裏的狀態，固然以古典傳奇式的音樂配搭，更顯這裏的新舊共濟。

然而，導演選擇以一男一女各自遊走在香港仔，最終兩人相遇，輕輕一笑，彷彿呈現〈回到香港仔〉詩作裏「純樸如最初」的狀態，敍述節奏自然，也可以説是重新演繹了詩作。

在眾多電影拍攝裏，羅樂敏〈椅子〉的拍攝，似乎是最貼近年輕人的思想，也可以説是我城年輕人現在最寫實的狀態。導演選擇晚上的場景，一位少女在抽煙，從表情和眼神充分呈現了一代年輕人的孤獨感，而導演選擇一位富有時代感的少女，或許在強化時代特質的效果。雖説孤獨不是年輕人的專利，然而，「各有前因的椅子，逐一搬到島上的角落」，鏡頭下有被可給移動的椅子，「被政府安置的休憩長椅」，不難理解現在許多年輕人本來就像孤島，每一張椅子都有着自己的從前，特別喜歡導演隨意拍了幾個一閃即逝的街坊，坐在椅子上是如此的百無聊賴，就像隨便地經過了大半生，而這些人背後的故事也像是在等着拍的。鏡頭也着重光影的處理，少女對着玻璃罐內的燈光，卻像絲毫沒有半點燭光的希望，如果我們細讀樂敏詩作的最後，「深深淺淺的浮刻，猶如無旗幟的旗杆」，也會發現作者是在呈現失落的年輕人那種無根的狀態。然而，導演卻藉着鏡頭切換，以日照的場景呈現少女一夜後重生的狀況，配以音樂的轉換，主角臉色轉變，看見島民的生活日常，就像逐步打破了昨夜沉厚的孤獨，彷彿在説明經過時間的淘洗，有了重新出發的可能，少女當下選擇做自己想做的事，再回到椅子安坐，這回卻有了同伴。這種日與夜的光影對照，自然地讓年輕人形成某種信念。或許導演打算在鏡頭下呈現另一種想像，也藉着鏡頭的力量，帶給年輕人新方向和可能，在我城裏尋找，又在尋找我城。

最後是鍾國強〈福華街茶餐廳〉。以茶餐廳作為尋找我城的最後故事，我想導演的選擇是有理的。茶餐廳本來就是我城的縮影，裏頭的人每一個都是我城的代表。也斯評陳冠中《香港三部曲》〈金都茶餐廳〉：「他只是以傳統的言情故事，老練的人情世故去寫某一個香港的深層心理、集體無意識。」所謂集體無意識，卡爾・榮格説：「除非你由無意識轉變為意識，否則你的一生將由無意識引導，而你把它稱作命運」。在茶餐廳裏，有誰不是喋喋不休，隨意説白，甚或盲從，只跟着走，抑或是孤單沉默，「直不起背來」，在思考恐懼，或是只是在發呆。然而，導演選擇的電影鏡頭語言，顯然是在呈現一位失落的男子，外觀看來，他有工作，也不太潦倒，在從前的情人面前強要裝出一點自信，然而背着別人時，卻是真真實實的那個失落於茶餐廳裏的人。在「一個慵慵的下午，工作在遠方喊着寂寞」，我城的茶餐廳裏，有多少食客在做着自己喜愛的工作？而當我們要踏出茶餐廳，回到我們以為熟悉的世界，又有多少人能昂首踏步，説這裏是我的原鄉，我以這裏為傲，「踏出門外是否還會想起，這個曾經那麼真實，那麼瑣碎的世界？」在「捱騾仔」、拼日子的生活裏，生活從來都是困難的，甚而，我以為每當人從茶餐廳裏出來，就像谷崎潤一郎〈陰翳禮讚〉所説的狀態，「擔心在這樣的房間裏，忘卻時光荏苒，不知不覺中歲月流逝，出來時已白髮蒼蒼。」

尋找我城，或者就是從前青楊街的瞬間，地文誌裏的偶遇，島民的孤寂，或是茶餐廳裏的眾生。然而，我們卻要說的是，在失落的城裏，無論樓梯的歷史如何，濱海街的記憶怎樣，姑勿論去年煙花是否特別多，只是休憩從來沒有設限，我城也應更多選擇，就像蕭紅所說的，「蟲子叫了，就像蟲子在說話似的。一切都活了，要做什麼，就做什麼，要怎麼樣，就怎麼樣，都是自由的。」

沒有不寫作的理由

因為考試，中學生無不認識林黛嫚〈孤獨的理由〉，你才略懂老人的孤獨，他說你不懂年輕人的寂寞。原來認識孤獨也從考試開始，因為這是因考試而讀書的時代，然而，卻不是因考試而寫作的年代，皆因人人都會寫，瘂弦說：「拿起筆來你就是作家。」在臉書，在Instagram，在作文課，在投稿時，在想下筆時。不過，寫作雖無階級之分，卻有高低之別，對於中學生來說，更多的閱讀仍舊是關鍵，我們雖知道書海之大，卻時常沒有進到水裏捕魚，這顯然是種浪費。這些年在香港中文大學負責了一個別開生面的計劃，計劃分兩期，名字稱作「觸『境』生情——虛擬實境中國語文教學計劃」，其中匯聚了六十位香港或其他地區作家，以香港十八區作區分，及至其他華語寫作的地方，如上海、杭州、紹興、台灣、新加坡或馬來西亞等，選取作家書寫的作品，從歷史淵源、城市風貌、自然景致切入，都要說明作家存留的時地觀感，若其中能切中學生的回憶，延伸想像，自然幫助了學習和思考。我們時常聽學生說：「你們不明白我。」這不是錯的，如村上春樹說：「我的人生是我的，你的人生是你的。」然而，若學生只顧自己的事，而不顧別人的事，無怪乎考試文章都一式一樣。這是識見問題。故此，能讀就好。讀地景作品的好處，一來如地景為個人熟悉的描寫，感親切之餘亦誘發寫作，在閱讀風景之餘亦可因個人認知作地景之補遺。二來如地景非個人熟悉的書寫，感新鮮之餘亦可作地景之開拓。

閱讀使我們發現，觀察使我們獲得。這個大型計劃，可讓學生除了閱讀作家書寫，還藉現在流行的虛擬實境學習方法，讓學生認真探尋自己居住的地方。不單只是學生，我自己也重新探索了香港這個歸屬之地。才發覺雖久處香港，對香港原來可以有着如此與別不同的新體現，新除了指新觀察、新環境和新解讀，更指新的自己，就如吳爾芙般發現自己的房間，這種反照個人的體會，正正是寫作的開端。於是，我也重新理解自己的從前，〈放生吧！在異境碼頭中暢泳〉書寫北角，那個我出生成長之地，當我重新理解北角，才發現新的停駐與新的流動原來同時發生，同一個地方可以產生如異地迴異的陌生，文章就是在這種重新覺察下寫出來的。然而，對於學生來說，也不必說得太複雜，至少能產生多少地景感知與人文關懷，只要是新的發現，仍舊是可悅的。林黛嫚在〈從考試作文到文學寫作〉裏指向學生寫作時的不同進路，原來無論什麼地域，考試是主體，但同時也可能是羈絆，除非學生真切體會到寫作的意義。寫作意義無容置疑，然而也不用說得太響亮，只消喚醒學生的靈魂。這個虛擬實境語文學習計劃，就是要學生在香港社區裏發現自己寫作的理由，所謂觸「境」生情，就是要學生透過虛擬實境，觸及香港獨有的景致，生出具溫度的熱情，圍起爐來話今天。

生活就像無窮的追逐，在不知不覺間墮進追逐的命途，輕易使人前仆後繼，學生更加如是，或者說學生從來都不比成年人輕易。受着公開考試的困厄，網絡時代的社交壓力，活在荒謬之中又成為荒謬的話題，要學生讀好書之餘理解更多社會意義，本來就是不容易的事。除非我們自己造夢，自己就是夢的主人，雖然有時「追逐夢想就是追逐自己的厄運」，然而，毛姆說：「在滿地都是六便士的街上，抬起頭看到了月光。」各有追逐，在人云亦云的時代裏，學生如能抬眼觀察世界，發現一下身邊的新，尋找個人的專屬風景，或者可以尋得新的生命意韻。至於這個仍沒有被遍尋的社區，學生也要提筆把四圍風貌書寫下來，那就是新的地景文字。既然我們都有一雙眼睛一雙耳朵，那就應好好感知世界，書寫出來，我們都沒有不寫作的理由。

レイク
アコム
3F
アイフル
PROMISE
セントラル
アコム
ATM
3F

四

日影離散後再次相聚

唐津的等待

如果在福崗的四圍走一趟，很容易會無端落入唐津的等待中，而這就是你永保青春的秘密嗎？

在滿天旗幟的通道上，看見曾經蕃昌的店。佐賀縣呼子朝市說是旅遊點也可說不是，除非自駕，不然沒有太多外地人會到這裏來，但仍然不是太過便捷。舉目左右都是日本人，是本地人旅遊季作舒適休養之地。然而就是因為一場疫症，這段日子呼子朝市的店都關上，關上就再開不來，因為呼子姨姨以為從此再沒有回來的人。直到現在人流回復之前，呼子姨姨仍然這樣相信。

關於呼子姨姨的事也不是虛說，從每天早上至中午十二時，呼子姨姨都在售賣各種海產，例如海膽、竹筴魚、魷魚天婦羅，也有味噌湯和有田燒醬油生魚片，都是馳名海產食品，不過本地人特意來吃的倒是烏賊燒賣和烏賊壓仙貝，美味之至。為保日本三大朝市之名，呼子姨姨裏着紅頭巾，包裹身體的衣履穿搭非常樸實，除了擺放食物，也要顧及對每個遊客點頭問好。在沒有風的仲夏，我曾獨自從街頭走到街尾再回來，陽光熾烈地融進攤檔的縫隙，溫熱的空氣升起，眼前景象浮動不定，呼子姨姨取出電風扇吹向食物意圖降溫，而竟不知道她緩慢的動作才是最消暑和清涼的原由。又是安靜且沒有行進的仲夏，這樣幹練了一會的呼子姨姨終於坐了下來，除了眨眼又睇一會，沒有更平白的生活方式有如愛德華·霍普的畫作〈科德角的十月〉。雖然四周是認識已久的鄰里，或者是一生只曾一次踏足的過客，對於呼子姨姨來說就像是空無一人地自我存在，如科德角的避暑聖地，在怡人景致中顯出獨有的界限與沉思，就像在等待沒有歸期的丈夫，卻仍舊安然地渡過了平靜的生活。

這就是你永保青春的秘密嗎？手心捧着盛夏流光，用以鋪設海產食物，腳下踏着旅人門牌，用以收集鐵罐皮囊，在電線與電線串連鋪設的木杆下，荒涼不是荒涼，而我們行走，映照着沒有晃動的等待，平靜如沒有止息的日子。

而旅客卻不是這樣。我們要趕行旅，看風尚。按旅遊指示，遊客都往附近的「萬方」海中餐廳進食，汽車一輛輛列隊，按秩序地聽候指示駛進。食客的咽喉就像沉浸着海水的氣味，以為即將走進水中洞穴。如果不是海中的一道橋，真正使我們記起的不是食物的原味，撲滅我們的味蕾，而在遺忘中想起這道橋的筆直，才懷念這次難得的水中盛宴，是如何不可多得。那就不要提起在「萬方」橋上的等待，這兩句鐘的等候，除了蔚藍的天與我們一起探問萬方傳說，食客不動聲息的模樣就是呼子要求客旅的表現，就算我能在餐廳內看見各種海類游動，我還是安靜地無法叫出牠們的名字。有時在百無聊賴的等候中俯看，清澈的海水能清晰地看見海床上的石頭，石的呼吸與雲的裸露十分唯美，就像是達利的畫作，在永恆的記憶（The Persistence of Memory）中只有「時間靜止」，而我也甘心樂意安然地在繼續等待。

至於唐津的晚上卻是另一個國度。黑夜的眼睛就像隨時看見漆黑的死神，路是田間小路，只靠車頭大燈照亮，駕駛在路上可真唬人，我曾想像連人帶車落入田裏會是怎樣的景況。於日本的晚上在居酒屋吃燒肉可算是一種儀式，在漫天星光下走進燒肉店，就像活在別的行星過着別的生活，卻又保留了一點原鄉的生活習慣。店名「羽幌」預示了老闆從北海道來，那自然準備了成吉思汗火鍋，晚上坐在榻榻米，吃烤羊肉串和烤雞肉串，十分美味可口。然而，我似乎已習慣了唐津的等待是非常單一的情緒，而慢慢地有種浪跡原野的呼喚，舉杯暢飲後或者要重重地把杯子擱在枱上才可算數，在血肉烤燒之間的空檔，如果感覺飢腸轆轆，也只能暫時燒煮芽菜充當過場，時間被吃掉，香氣被填滿，老闆娘才慢慢地把食物帶上，而我們藉着等待的時光創造口腹之欲，然後一次再次地感受着美食當前的幸福，且幸福着自己的幸福。

然而最幸福的並未降臨，除非你駐足在唐津浜崎海岸的 Green Beach House 內，聽着 Kiroro 花草般的日系戀曲，於無垠的海邊向着日照盪鞦韆，在夕陽西斜下看永恆的日落，與婀娜多姿的店員胡扯笑語，仍靜候晚間燒烤火爐旁凝視花火點亮天空，而成為行程中最浪漫唯美的末後音樂終章。如今，我在這種氛圍裏與你們一起，共渡沒有追求沒有日夜沒有始終的虛幻，那麼，這也就是你永保青春的秘密嗎？這次九洲行旅的最後一程住進 Sea Style Resort Ocean，旁邊就是長堤海岸和幼嫩細沙，而這間綠色海灘之屋就在海岸的盡頭，全由木材興建的戶外型帳屋，屋旁豎立了幾塊滑浪板，加上近海的水上電單車。而那天的夢幻，在於剛與我胡扯逗趣的漂亮店員再次向我淺笑，又向我解說水上電單車如何成為這裏所有人的快慰，我從後看着她把水上電單車推進海裏，夕照彤霞一時映在她的左邊，一時映在右邊。直至晚上，天空沒有雷，裸露的雲仍在，在雲與雲之間能瞥見星光，星光一閃一閃地證明了宇宙的生命是如何地永恆存有，就像這所命名為綠色海灘的木屋，和她的淺笑。然後，我們在如此良夜再次舉杯，在海灘上吃烤肉和冰淇淋，不甘寂寞的一頭灰毛迷你貴婦狗帶着比人類更快樂的笑容，闖進你的視域在你眼前走來走去，然後跳入她的櫃位內又跳出來，和牠一同跑出來的還有一頭柴犬，而我至今也無法理解貴婦狗和柴犬是怎樣地共同交往。木屋店主的她沒有再播放 Kiroro 的歌曲而改為播放宇多田光的 First Love，是我們都熟稔的歌，然後，在沒有預示下，終於開始了心裏一直期待着的花火會，竟有如潑墨的煙火令現場的人感到無比愉悅，所有人都安靜地在看，安靜得忘卻了原初一直的等待。

花火的距離

八月仲夏，在奈良興福寺觀賞燈火會，兩萬燈火點燃了這永續不眠的夜色。燈火夢幻，誰也沒有專利，都是自由的。仰望前頭橘色的五重塔，本作祈福的地方，然而我倒覺得妖魅，微微一怵，卻偶見幾位穿着雅緻和服的少男少女在舉機拍攝，簡潔的笑容很療癒，留住當下，不為什麼，似乎只為粉飾當前，如此良夜何！除了刻意裝扮，肯定曾經認真演練過笑容，在他們攝下奈良最美瞬間的同時，我也攝下他們作為這裏最具回憶的風景。才想起一次再次的生活變奏，扭曲得疲憊，有一刻我還在想，什麼時候曾有過他們這種自由的歡笑。

年輕，本來應是這樣經過的。

另一次在東京武藏野市中町的街頭迎來冬季最後一場雨，撐傘的途人匆匆在沾濕的地面走過，穿過冰冷的樹。就像時鐘瞬間凝定，也分不清過客終將抵達什麼終點，只感到平靜的陌生總比起燥動的觸碰來得輕易，我就這樣佇立着看途人，看途人的穿搭和臉部紋理。有時，我會隨興地盯着某君，看他的臉色和神態怎樣緊繃，走起路時身體如何擺動，偶爾眼神剎那相觸，就會點點頭，投以溫儒的微笑，這笑很美好，就像感受到世間原是這樣和平的，直至他在某堆慘白的人群或某個早已褪色的車站裏完全消失又不知所蹤，這大概是平生唯一一次與他陌生的邂逅。記得中學時有次外出午膳，排隊人龍長又長，忽然給狠狠地碰撞幾乎要仆倒在地，然後以四十五度向上斜睨的姿態，看見一位慓悍肌肉男子回頭張望，我隨便說了句：「有無搞錯？」男子以喉嚨混聲，吼出「唔」的一聲，而我這位孱瘦小子，隨即別過臉靨，裝作什麼也沒看見，這種恃勢凌人的霸凌就像電影裏頭才看過，沒料到真箇發生在自己身上。後來，我決心要把身體練得強壯，以為強壯可告訴身邊人自己不是好欺負的，只不過經過好些仲夏身體似乎沒有怎樣變異，才發現要練得一身肌肉原來談何容易，回想過來，就彷彿對那位慓悍男子還存有幾分敬意。曾經，街頭只是我們的生活日常，是兩個駐點之間的接連，漸漸地，才發現某次與途人的點頭默許是何等美好，縱然是不尋常的經歷，也是將來一笑置之的回憶，如果能對陌生的瞬間存有善意，在邂逅或碰撞之間，隨時保存與人和善的準備，可以說，一次陌生的美好相遇比起相識多年的臉醫其實來得更可靠。

相識本不是偶然的。

啊，瞬間又說到另一次行旅。這趟很熱鬧，能夠一家人一同出遊，說來不是容易的事，不是他有工作，我有病痛，一行十多人的確歡聚於期。行程中最使人期待的，是在和歌山白浜町的海灘看花火，人說在日本看花火是首十位畢生必做的事，這種沒有根據的排行有時也挺有意思，至少為這次花火活動徒添興意。整個海灘坐得滿滿的，不論年輕、中年或年長，除了偶然的囁嚅，你我皆靜默無語，享受花火瞬間。這種素未謀面的短暫很有張力，除了少不更事的小孩，沒有膽敢揚聲打擾的人。海灘人潮如螻蟻，黑稠的天，在蔓妙的花火仍未爆滿天際，就像寧謐的獸準備躍動，我以為群眾裝了捕器，隨時捕獵劃破長空的聲色。終於，奏鳴之曲響遍，花火隨樂聲變幻，幻化出時間，幻化出空間，幻化出默定的少女和穿越的途人，最美的卻仍是物我倆忘的海岸，在水平線之間誘惑遠方。正當我舉起相機攝下花火瞬間，才突然意識到四圍的國民沒有在攝的，都在用心欣賞當下的真象，又以鏡象鐫刻於思潮中，成為永恆的記憶與拓印，所謂櫻花易逝，存留最美好的片刻在心潮勝於唯美的負片沖印，而我亦收起相機，學習自然的傾聽與目視。終於，最後一個花火在浪漫的迪士尼樂聲中爆開，海灘人潮同聲嘩叫，就像期待已久的釋放，家人、情侶和友人彼此相擁，如樂章終曲般圓滿。

年輕、相遇、當下。

我們是否把起初的愛心失落了？哪怕在街頭，或在內室，似乎已沒有珍視如何還原人情關係的完整性，私密自話無法溝通，親密距離難以滿足，終將形成自我茫然的寂寥和孤獨。花火的美好在於彼此設限和預定距離，瑰麗玄黃的同時不傷彼此，且在最閃耀之際消失，消失之後再次綻放，不但撫平人們心潮的安慰，也祝福人們重新得力的將來。就當作祈福也好，反正如此良夜一杯清酒，抵過一杯清艾，無須裝點，只要擁抱。

東京日和

東京不是經常下雪。沒料到一次突如其來的警報級降雪，我和孩子竟身處其中，還是首次經歷暴雪撲面，無處躲藏的狀況。有刻站在￥300店前，就這樣凝視漫天飛雪飄散，在暈黃路燈下顯得淒切，一對情侶漫不經意地抱着走過，相同的臉靨在飄雪下如中島美嘉《雪の華》。回想起十年前在首爾看那最後一場雪，青春年華自由得像沒有羈絆的驛旅，那時真可形容為雪中起舞，起舞後在雪中落地摔了一大跤原是意料中事，摔得快樂彷彿仍在童騃，然後爬起來特製雪球互相拋擲，甚而在雪面翻了筋斗，那全身濕濡的慷慨。倏爾口腔沾濕而來的凍感，才發現臉上幾可堆雪，如此順勢吞了雪粒喝了雪水，身體就像比以往更加純淨澄明，近乎通透。也不能怪我首次見雪後興奮莫名，離開了使人心悸的職場，就像籠中鳥史無前例般被釋放，被放逐，被帶到無法豢養的放生地，重新領悟自在自適原來是多麼遼闊不着邊際。如今在東京猶如雪祭般唯美的速雪，心境沒有如以往般自若，有時甚或有股前途未卜的失落。在雪中如履薄冰並不是虛說，職場本如是，走在濕滑的步道上一步一驚心，濕滑的冰面容易使人摔倒，縱然摔個正着又不如以往般沒所謂，在輕慢不得的年歲一不小心，隨時就此一跌不起。更何況要顧及孩子，天真爛漫的小孩比起十年前在首爾的自己年少得多，冰冷的手說不冷，牽我在前頭催促我不要過分憂慮，難得見雪。難得似乎就可肆無忌憚，幾個東京少男穿着入型入格，以高亢的歡聲加上在暴雪中滑行之姿，輕易地從我前頭左邊挺至右邊，其中有個東京少男赫然轉身，傘子隨手張開，落得一身白雪覆蓋，笑得俐落，同伴拍照，然後一擁而上，差點沒摔壞，就像劇場間節選了東京愛的故事，只有仍在飄蕩的雪比起他們更張狂。

在午夜夢寐之際，腦海不住想像東京咖啡館內第一杯黑咖啡。為了享受悠然的東京日和，途經冬陽下觀照映雪，晨早七時半已在前往咖啡館的灰白路上。眼前如一片索漠，然而在東新宿駅出口旁的Tully's Coffee整排落地玻璃前，映得一天湛藍一地雪白，東京雪乍晴，寒氣漸崢嶸，才知道東京職人會在七時許安坐在咖啡館，還多有在手提電腦前專注辦公，我卻坐看上班族如何在雪地上來去匆匆，一副習以為常的樣子。聽着貝多芬第14鋼琴奏鳴曲，喝一杯寧神咖啡，總有一種有今生沒來世的感受在心頭。如果不是假期，想必已在辦公室內討論着各種事務，那些沒趣的日子。頃刻能牽扯出初見雪霽後的愉悅，日式寧靜與整齊，心裏還是感謝上帝的恩情與可靠。咖啡館內一位店員，本在執拾客人食物盛盤，當她瞥見有客人背袋離座，在朝向正門之際，店員急步趕回收銀機前頭，掬起雙手置於腹前，九十度鞠躬道謝，如此敬業，看在眼內怎會不舒暢？

別的客旅四圍趕風景，我就這樣坐在閒散的咖啡館內閱讀，孩子讀英文原著《Harry Potter》，而我這趟旅程帶上賴香吟《島》，與記憶裏蘇偉貞《沉默之島》自然對讀着，從而想像自己的原鄉之屬，不期然產生沉默中耐人尋味的繁複。島與島之間，愛情是一回事，工作是另一回事，但歸根究柢都是生活價值和意識。想像島有什麼方法？當賴香吟說：「我還能如何地想起島？我要遺忘島獨自年老，還是與島一起浮雕在青春的最後片刻裏？」那個一口流利英語的日本友人告訴我，你們都愛到我們的國度，其實這裏不如你們想像。他說一生人只做一份工作，營役大半生什麼都沒有。他告訴我才想起島的變幻原來早已沒有設限，空間在時間裏運轉，本以為自己與島能長相廝守，卻原來只不過是一場無法說得清的虛言。住在久經天然災害的櫻花之島，心裏有說不出的苦卻仍舊噤聲，因為是沉默的民族。然而現代化早已把所有懷想棄絕，眼前只有新的赤地之戀與追逐，蕃昌的變奏沒有顧及沉痛者的聲音，然後是切切實實地把沉默的聲音遺忘。我沒有回應，只是認為島內的界線似乎愈來愈模糊，我們這些外來人也沒法一下子看得清。眼前滿地積雪，途經的路人踏過雪的灰白，沒有平常的自若，步步為營如擔心無端地摔了一跤，可丟掉的隨時不單只是工作。都在追逐，沒法子，經濟圖騰是唯一的形狀，才想起原鄉的島嶼，在曾經聲色犬馬的年代，島民努力經營打造自己的島，為了半斤八兩不惜費盡心思創造新的世界，拼貼出來的文化圖象是人人所好的。如此，我們應怎樣下去？如果我們仍然設想島只有酷寂幽森的氣象，那末，我們又如何繼續想願島終將迎向怎樣美好的韶華？我們也期許島的將來是更美好的氣象，因為我們都鍾愛自己的地方。

及至中午，走至新宿中央公園的遊樂場所內，地面仍是透薄的雪，我瞄着三個衣履筆挺西裝款款的上班族在認真地吃飯，沒有閒話家常，如此專注地在做一件事。晚上跑到池袋西武百貨公司，聖羅蘭店女職員在我耽誤了放工時間卻仍非常尊敬人，專業能耐與奉獻精神如武士道家。當我本以為百貨公司九時關門，還在慢條斯理地選購，女職員沒有失去恭維的笑，待我付款後着力聯絡並陪同走至退稅部門，才曉得已是八時十六分，店在八時正老早應要關門了。眼前退稅部門五位職員伺候我一人，排得整齊，盡當天最後的責任。我除了表示歉意，也只有敬佩。我可以想像友善員工或者是啞子吃黃連，因我一人之誤而準時放工沒得說，更要笑面迎人，沉默的她，沉默的笑容，沉默的聲音在後頭。我又想起那位說出一口流利英語的日本友人所說的話。然而話又說回來，什麼時候在香港也受過這種禮遇，記憶中沒有。待客之道無疑愈來愈受客旅所重視，我們以為商店的高度和熱度是慢慢變奏的，其實不是，它是一瞬間變奏的，而自命清高的態度終究會被客旅淘汰，就如替城市的寒冬鋪上滿地積雪一樣。

受了天上人間的款待，再次回首原鄉之屬，雖不至急雪舞回風，然而提心在口，至少也如亂雲低薄暮。羈纏五欲，流轉三途，什麼時候可全然脫去俗務的牽累，還不知道，若非陽光明媚，怎能輕說也無風雨也無晴。然而，在眾聲喧嘩的命途上，若短暫能於雪後初見霽，我還是要替自己舉杯，畢竟世事虛空如捕風，栽種有時，拔出有時，拆毀有時，建造有時，既然已有的事，後必再有，無非是流徙，那末在繁花綻放於期時，就任花自由地開，心自然地放，務求一日把長安花看盡。

荒原的盡頭必然看見希望

如果仍然相信，終有一天，荒原的盡頭必然看見希望。

這是難得的一趟京都之行。一行二十人，有我幾位藝術駐留之友，包括曉彤、櫻瑺和昱珊，加上十六位高中生。這次有意識的藝文散策，乃為提升高中學生的藝術視域，製造深刻的藝術反照。故此，就連旅程的名字也起得有些驕縱，還要在橫額的中間位置寫着「京都藝文深度學習遊」，好像方便拍照，其實在自抬身價。而辦這次京都藝文深度學習遊的是四位藝術和文學老師，我們一直稱自己為「藝術駐留之友」，事實上我們根本在同一所學校工作。之所以稱作駐留，是基於我們都將現在的工作間視為短暫的駐留，旅程才是生命的歸宿，如此想像，可抵銷過度工作所帶來的鬱悶。故此，每次出行皆被視為回到生命的歸屬地，重新察驗各種光線、土地與空氣變幻的機會。

早前報道，著名日本建築師安藤忠雄所設計的「光之教堂」將會永久關閉。這對於打算認識安藤忠雄的建築風格的人來説，簡直是一大可惜。學習之旅的首站就是讓學生體驗安藤忠雄的建築想像，途經大阪，先行經「中之島童書之森」兒童圖書館，整個圖書館以安藤忠雄一貫的清水模風格，粗獷冷冽的混凝土所建造，極簡主義的建築風，通透的大型玻璃，引進大量自然光，建築與自然融和，就是安藤忠雄所強調的建築元素。只要走進中之島童書之森，眼前是安藤忠雄為兒童圖書館創作的第一本繪本《惡作劇的建築家》親簽書籍。學生嘗試走過空中天橋，又挺進以混凝土建造的垂直圓柱體獨立空間，牆上投映魔女宅急便的少女向高空飛去，飛到月球之上，然後月亮慢慢降落，落在一個日本小孩子的頭上，瞬間幻化成小王子。如此扣連日本動畫與世界名著，也扣連小孩子和我們的思緒。更進一步的是，藉着重視光、風和水的結合，幾何建築風格而形成的穿透感，安藤忠雄在京都創造了使人震懾的藝術都庭。基於學生不曾見過世界名畫，我們率領學生前往京都府立陶板名畫之庭，除了欣賞安藤忠雄的簡約建築美學和幾何流變的風格，學生亦可藉此欣賞世界各地名畫。除了光的滲透、人工瀑布水的流動，以板塊形式塑造的藝術走廊，引進風的流向，同時在巨型混凝土上置有多幅世界名畫，例如達文西《最後晚餐》、米高安哲羅《最後的審判》、莫內《睡蓮》、梵谷《星空下的絲柏路》、張擇端《清明上河圖》等，如此巨大的畫作置在陶板混凝土上，學生無不訝異，也感藝術靈感思潮正開始踴動。

零下兩度嚴寒天氣下，走進京都國立近代美術館，館外經過慶流橋，巨型的平安神宮大鳥居聳立，學生在前頭擺出各種模特的姿態，是少年藝術家留影，大概許多年後照片中會有人成為全職藝術家，也有人會擔當藝術老師。而當中有趁早成名的吳橋同學，這個乖巧的孩子。有次電影公司編劇和監製，就是文友王韻詩聯絡，我誠摯地推薦這位好學生給她，後來韻詩和導演梁健邦一同到校，阿橋五分鐘準備，立時試演一幕。阿橋最終擔演了電影《半熟時光》男主角，真是欣喜快樂。我不知道吳橋往後會有多大成就，打從心裏盼望他的演藝事業能融進藝術中，創造自己的藝術表演國度。回看慶流橋的左端，那裏是京都國立近代美術館，右邊是京都市京瓷美術館，恰巧遇上村上隆藝術展，學生首次欣賞如何將藝術作品融入流行文化中。眾所周知村上隆與國際知名品牌路易威登（Louis Vuitton）跨界聯乘推出產品，非一般大眾所能購買。觀賞一輪嶄新且複雜的藝術創造，離開美術館後，學生突然都安靜起來，不是剛好的藝術踴動嗎？我只能理解學生都在思考藝術路途，然而學生心裏的自我叩問，想必是應否往後走藝術道路的問題。就在猶豫瞬間，我們已拐彎進入日本最美的蔦屋書店，恰好斜陽夕照，晚景掩至，淒美黃昏更添唯美想像，我偷偷聽見一位決心走藝術路途的男生嘆了口氣，然後在夕陽掛枯藤的晚影下，徐徐進入書店。書店永遠有恢復人類靈魂意志的魔力，甫走進來，學生瞪眼看着各種美輪美奐的文青小巧物品，頓時感到希望處處。有一位熱愛電子繪圖的學生，無意識地發現原來可把電繪刻在文青不織布布袋上，而那位若有所失的男生捧起了三浦紫苑《沒有愛的世界》，他應該受漂亮的封面所吸引。藝術思潮有感再次被召喚，所謂藝術荒原，患得患失本來就是藝術家的命途。

又新的一天，如果可以，我想大家應盼望回到原初，回到剛剛出發的時分。然而，在陰霾掩至的天色下，微雨更添寒意，意料之外，學生沒有預期的雀躍，可以說，都沉浸在某種無形的藝術失落之中。又來了，是藝術命途的起伏。我們途經鴨川，本來也只不過是著名的河川而已，然而，學生有感河岸頗有「多啦A夢」的畫面感，於是就這樣良久逗留在川上，看河水呈現的層次，也在早春的櫻花前留影。才發現兩位身穿日本校服的少女端坐在河川堤岸，學生的表情簡單而純粹，眼神流露着憧憬，幾位學生感到羨慕，就像親眼目睹日劇在眾目睽睽下上演，只是後來，由於天氣太冷，我們也不得不離川上路。在灰濛不清的空間裏，我們一同走過，走過鴨川的一排樓房，樓房在灰暗中呈現一點點亮光，如流動着的電影鏡頭。我們頃刻成了電影裏的陣列，大步走期間沒有人發出聲響，只有幾輛從後頭經過的單車時有發出叮叮響聲。直至走過花見小路，學生聽説這裏仍是藝伎的生活處，於是輕輕踏過路上磚石，沒有什麼雀躍，仍舊靜默無聲。後來，若有所失的年輕藝術家終於表示，自鴨川到花見小路沿途的氣氛太慘澹，有感京都的簡約與華美，落入歷史之中卻又抽離現實之外，有感環境熏陶神緒，有感靈感之有無，也似乎是剛好坐下來表現藝術的時候。也就是説，如果不是短暫行過，若能久居這裏，至少游離，學生大概已端坐在河川，逐步做起自己的藝術來。

但我們也不必過慮，因為學生的靈魂意志恢復得很快。京都國際漫畫博物館必然是日本獨有，四層樓高，放滿了我們認識和不認識的漫畫。這裏無論是青少年還是成年，皆專注地閱讀，漫畫必然是流動在日本人的血脈裏。當我還在談論宮崎駿、《龍珠》和《男兒當入樽》，學生說他們都在看《排球少年》和《光逝去的夏天》，我卻不知道那是怎樣的一回事。而我最認為是一回事的，是博物館外那片青綠的人造草地上，一眾日本少年就這樣攤在草地上閱讀漫畫，有獨自一人，也有三三兩兩，反正看得入迷。然後是此起彼落的歡聲，來自漫畫世界。我無法想像香港學生會有這樣的草地，這樣的快樂和這樣的歡聲，我只相信在香港學生面前，還有好幾本未完成的補充練習，幾本未練得通透的琴書，和無法消亡的愁煩。一小時短暫的瞬間，學生選上喜愛的漫畫，模仿筆法，就這樣愉悅地樂上一晝如一束美妙的晨光。於是，我也在旁寫了這樣的一首詩：

〈如果可以自由地歡笑〉

在日暉初晴的冬陽
人造草地上的笑靨
微雨漫過他們的側肩
躲在地上閱讀熟悉的畫作
排球少年與神隱少女
在各自的存有
滿足颯颯的風靜止在髮梢
搔癢腦袋如進入
宮殿或球場或現實中的行役
如果可以為孩子換一樽
裝滿笑聲的空氣

他們會繼續躺在人造草地上
直至
草地發出嫩芽
在微雨後初晴的陰霾
仍自由地展現
原初的歡聲

走進藝術荒原，有時失重，有時凝鍊；有時糾結，有時愉悅。於是，為了讓學生看最好的藝術品，我們來到京都國立博物館。為了保存作品的面貌，杜絕傳鈔訛誤，博物館不許拍照也不在網上展示館藏作品，以示對藝術品的尊重。博物館外長型的一壁池水，映照高亢天空的一碧蔚藍，突然天空幾分飄雪，還是初見雪的學生興奮莫名，走起路來有感意亂情迷。由於不得拍照，學生就在博物館內選擇三項最喜歡的藝術館藏，以描摹的方法記錄。而我也選擇，其中幾個館藏藝術品印象最深。「三彩馬俑」為唐朝時器，一雙黑白彩陶馬，白非全白，呈斑點狀，而黑馬瑰麗，像得天獨厚般純淨。旁邊「三彩文官俑」乃唐代八世紀之作，官俑筆直，平衡對稱。然而，我感最喜歡的是日本江戶時代中期的著名畫家円山應舉的畫作，那就是以繪畫幽靈圖著稱的日本代表作畫家。円山應舉的畫風重視寫生，同時具備親切感，他於一七八三年繪畫的雙鹿圖屏風置在博物館館藏之列，兩隻栩栩如生的麋鹿，左邊麋鹿正面以對，右邊麋鹿側面而視，雙鹿圖呈現技藝，寫實之餘重視靈動，而畫作右下端輕筆寫着「天明癸卯仲秋寫 平安 應舉」，謙謙款詞。另一館藏「絹地寄裂小裁振袖」，乃江戶至明治時期的衣履作品。絲綢織片拼接兒童振袖，以零碎織片構成衣服，眾多不同顏色的織片呈現多彩的生命力。原來那時候農村人家會向鄰居討取織片，造成正裝給小孩穿着，這風俗見於日本各地，是對兒童美好成長的祈願。而中國原來也有類似風俗，稱為「百家衣」，表示集合眾人力量，守護兒童的平安與快樂。同時，京都國立博物館內舉辦藝術家實時展覽，觀看藝術品之餘，也聽駐場藝術家實時分享，並與藝術家對話。其中有四位非常出色的藝術家，分別是吉浦真琴，德永葵、方圓和山羽春季，她們的創作皆別樹一幟，而且在 Instagram 有很多粉絲。除了藝術專項工作，她們也各自分享如何辦當代藝術推廣。這次藝術串流與遊走，的確遇上喜愛的館藏，也呈現了各種各樣的藝術希望。

這樣一來，就像喚醒了學生的藝術意志，有些學生敦請老師引領購置日本紙和日本筆，優質的器具對藝術境界是重要的。固然這也是原先意念，於是一眾前往「鳩居堂」京都本店，這間已有三百多年的造紙店舖，可追溯到江戶時代。甫進店內，撲鼻而來的是陣陣紙香，各種紙張和筆墨，還有明信片等周邊產品，加上穿着和服的店員，實在沉浸在雅緻的工藝場，大概文人雅士，無不嘆慰。然後，就像是這趟藝文深度學習遊的高峰，我們特意在晚上走過黑暗的巷口，只有路燈映照，添上幾分迷離情調。然後拐彎一瞥，那燈火迷黃，暈染着眾人的臉，是如此難得的美麗書店。眼前是被譽為十間世界最美的書店——惠文社「一乘寺店」。店內的不同角落盡是文青拍照點，藝術裝置處處，書本擺設有序，偶然配搭藝術工藝品，唯美極致，我亦購入李琴峰日文版本《獨り舞》及翻譯作品《向光植物》，於見面時給她親簽。然而，惠文社最使人驚喜，乃在書店後頭的隱秘天井，天井內藤蔓處處，充滿巧思的壁畫，刻意營造迷失的藝術荒原，其中男生告訴我，就這地方，有感走藝術路絕不枉然。就在打算離開之際，才發現原來天井的別端竟串連惠文社另一邊店舖，裏頭全是售賣文青產品，年曆、藏書套、書頂或更多使人着迷的藝術產品。我無法想像另外九間世界最美書店是怎的模樣，然而惠文社必定是每次京都之行的落腳點。

最好的不一定藏在最後，但也可以使人期待。我們閱讀三島由紀夫的《金閣寺》。這個世界必須要有失去，才會有獲得。雖然世界不是二元對立，然而《金閣寺》展現了美與醜、消失與存有、瞬間與永恆的對照，本質上是真實的。《金閣寺》的主角「溝口」本是無法解釋的口吃，如能真實地體會說話流暢的快慰，何其幸福。所謂幸福，一般人或許不明白當時人怎樣苦無粒果，為求其幸福而艷羨不已，最終無法求成，結果生出嫉妒，嫉妒產生毀滅。終於，溝口把金閣寺燒掉，為的是成就自己的幻滅美學。或者說幻滅美學是三島由紀夫的美學觀，意謂消失才是展現美態的藝術表現形式。這個世上有人華麗轉身，隆重登場，有人暗自消翳，消失於無形，而在無形的隱匿中呈現更美的個性。消失等於創造，消失自成美學。遊走金閣寺，雖然是重新塗上的金漆，我們仍舊看它的金碧輝煌，暗地裏也在驚嘆三島由紀夫的壯烈。只不過，在藝術荒原裏頭，也不一定如三島由紀夫般轟烈，切腹之痛也不是美學的最後表徵。其實凡事皆在得失之間，有人歡喜有人愁，很多時候，事情總有選擇的餘地。只是有了選擇，又感擾亂心神。可以說，豐盛也好，幻滅也好，如果能看透，在藝術征途上或者會活得更加自在。

京都藝文深度學習遊，我們漫過這片藝術荒原之地，發現荒原中有着不同的身份、記號與角色，從歷史意義到文化圖騰，能解釋或不能解釋的，都有他本身的意義。如果我們不太奢望，只要輕身上路，在路途中發現某種色澤、表達或隱喻，都將會成為屬於自己的藝術存留，最終要說服的其實也只有自己，而這亦終將會成為別人口中稱之為「風格」的東西。荒原的盡頭必然看見希望，終有一天會發現荒原有路，藝術自有生命，只消喚醒它的靈魂。從沒想過二月能看見櫻花，它本來已有預訂開放的節期。然而，河津櫻提早在二月開放了，而且開得正茂。在原先沒有櫻花的旅途上遇上花開爛漫，在一瞬即逝的櫻花面前，我們都滿懷希望。

けいぶん社

五

風飄蕩時在記憶的盡頭

放生吧！在異境碼頭中暢泳

我仍然想望北角碼頭有天會如東京的晴海碼頭，在世界末日與冷酷異境的交錯下，給我們存留不同生命軌跡的抉擇。

嗚嗚的汽笛聲預示渡輪再次泊岸，漫天徹地都像凝定在這聲音裏，小孩本來在北角碼頭外的空地上追逐，頃刻把西瓜波撇下，跑到圍杆旁，凝視渡輪慢慢靠岸，瞥着瞥着，就像輕易地撇去了童年。北角碼頭的外圍是一片沒有放置裝飾的空間，現在的建設不是這樣。我們都在空地上踢西瓜波，每當人潮魚貫地從渡輪上湧出，彷彿要堵截我們般，好些男士竟裝出搶球的姿態，簡單地與我們這些小子樂透一番，這是八十年代的單純，現在的相處不是這樣。北角碼頭渡輪來回九龍半島，不曉得這些早出的人是住在紅磡、九龍城，還是觀塘，童騃的我已能想像船客早已享用過晨光融入海風，人也融進自然，這般生活方式已成為每個日子的開端。這段輕舒的船程穿梭往復，恍如我們在北角邨走廊上踏單車漫過一戶戶人家，都是簡單和純粹的，現在的生活卻不是這樣。單車從邨內一直踏至碼頭，小伙子們仍在張看，他們在看表情憨厚的工人如何自若地把粗繩繫在纜樁上，一如《邊城》裏的擺渡人般認真地持守着畢生的工作，一做就是大半生，只是現在看來，倒以為他們只是悶在碼頭裏沒有想像且不起眼的人吧。

不錯，一做就是大半生，沒有過多的想像，就不會形成過剩的後遺。北角碼頭的海鮮檔主從來都以為碼頭和周圍是永恆的，舊街坊也沒有預示突如其來的改易有什麼根據。檔主在冰面上攤放了魚，水灑在魚身，魚一下子鮮活了，而有些放在銻碟裏，比較廉價，通常中午時分有些老街坊專程為平價而來。老街坊總認為在碼頭裏兜售海鮮，感覺特別鮮活，這裏是最不設限的地方，途經的船客不介意地面濕濡，甚而提起一尾尾魚打量過後還可丟回，檔主也不介意，就是這般自由。這裏一如北角邨每戶透明磨砂門前的人家，家裏正播放着八十年代的 *True Colors*，家人也在叨絮又在叮嚀，聽見就聽見，如此自由，也不裝模作樣。北角邨、北角碼頭、北角巴士總站，好好的舊街坊生活進出之地，誰說過要將她改易成為富裕人家的居所？已非汽車渡輪往來，只是舊街坊平常便捷的選擇，我斷不以為富裕人家會好端端地乘搭渡輪，如鮮活的魚般游溯於海裏，而魚檔主人原以為是可以和舊街坊在碼頭裏終生廝守的。

紊亂的記憶如啄動神經，北角碼頭的活絡已不如從前，時代的速度就如轉瞬掠逝。我們不是把經濟發展說成利刃剜心，然而，只是在這蛻變的過程裏，有沒有想過生活的本質其實本可以輕描淡寫。幾十年來，北角碼頭的橋躉上一直都有人在垂釣，雖不是獨釣江雪的雅淡，垂釣的人卻總是一副渾然自得的樣貌，午後陽光灑落，垂釣更像是遺世獨立的狀態，哪管得你在外頭大興土木，垂釣的人就是這樣釣自己的魚，聳一聳肩後問：「我就是這樣過日子，不然你要我怎樣？」他既看魚，也看渡輪、亦看風景，都是自由的，就像特朗斯特羅默說：「鳥懶得飛翔，靈魂磨着風景，像船磨擦着停靠的渡口。」什麼時候開始，我們容不下放空的生活方式，為什麼不可以整天拍攝10號巴士在北角巴士總站駛進駛出，為何不可以在北角郵政局隨便交換「哈雷彗星」小全張郵票資訊，就連北角邨裏原有的小學操場閒時也讓居民自由進入，享樂就是一天，現在誰家卻連北角碼頭外的癩皮狗在哈吞直喘也要厭棄？這原是純淨簡約的土地，誰把這裏過度開墾，讓這裏萎謝成今天的豪華偽裝？哲學家本雅明說：「在城市的現代性裏，城市的時尚唯美將漸漸走向死亡。」北角碼頭的自若本來像暗香浮動，無聲無息地存在，然而唯美的定義是誰竊自將她肆意改寫。

對，不如就把她放生。每逢節期，善信都會在北角碼頭買魚，做了些儀式，就把魚放入海中，企圖創造新世界，海歸海，魚歸魚，魚就這樣起死回生。於是四圍游溯，享受得來不易的自由，但魚不離開，以為可以碼頭為家，想不到無端再被垂釣，又回到魚缸裏或冰面上。北角碼頭就是這樣循環的地方，放生一回，創造一些寧謐的公共空間後，無端拆卸，漸漸築起新的建設來，只是，我們是否沒有想過，北角邨的舊街坊還未有把從前割捨，而我們是否也可以更加在乎城市中的靈韻，自然而來與以意創造從來都沒有共性，有些土地或者可以留給舊街坊隨便開墾，就像小時候空地上的小販雖然氣粗，但不氣結，隨便買賣些碗仔翅呀，皮蛋瘦肉粥啊，油炸鬼啊，攤檔後頭拉起燈泡，照着簡單人家閒置的時空，映着鄰里街坊純粹的笑靨，街頭自有街頭的言說，我倒搞不清電源從何而來，反正四圍食物香氣，而小販也沒有被驅趕，在重疊着的潔白發泡膠箱前頭，小販自由地買賣，魚也自由地游。生活在放生的年代，比起魚缸繁殖產卵的鮮魚，北角碼頭的魚或者只求貼近安穩的橋墩；比起大宅中富裕人家的養狗，北角碼頭的癩皮狗或者只求遠離被殺的恐懼。原來，我們只想做一尾在海裏暢游中的魚，和一頭在碼頭流浪着的癩皮狗。

而我們不能忘記的是，除了兩個主要的渡輪碼頭，在東區走廊急轉入糖水道的橋下有個北角公共碼頭（或者索性稱為糖水道碼頭），碼頭從前是沒有裝設鐵桿圍欄的。中學時代好多晚上都在碼頭和不同學校的友人在聊天，聊的不外乎球賽或異性，有時倒沒有特定話題，幾個男孩兒唱起哥哥的《由零開始》、《當年情》，裝成 Mark 哥般在地面滾動，好一陣蒼涼，友人一直也沒察覺我原來多麼害怕意外地翻滾入海。翻滾倒不礙事，我們喜歡這裏全因這裏從沒有替自由設限，可自由地笑岔了氣，亦可在赤裸的碼頭隨便張看遠方，渡輪也好，郵船也罷，遠至對岸黑稠裏的星光，都像工筆。可是，其中有夜，在夜半風聲下，時間像醃製過般止住，突如其來幾個踏着自行車的金毛少年來到，像極了《英雄本色》裏的壞人。當下好些意念在不斷發酵，也不懂得當時是怎麼困窘，暗昧的心房像被恐懼蒸騰，記憶裏我們都放下了些平安錢，才免得無法逃離的局面。那時候，站在沒有圍桿的碼頭邊緣，有一刻霍的以為自己會給丟進海裏。然而，那人倒不是我，一次偶然，閱報得悉一個青澀的少年人受不起單車黨的誣蔑，縱身跳入海裏，一下子生命就此沒了；除了震驚，友人決意從此不再踏足北角公共碼頭。從沒有料到死亡是如此靠近，而碼頭也不知何時開始裝上了圍欄，自此，這裏已不是從前般自由，就像城市化的轉變來得這般輕易，來得如此沒有聲息。於是我們又在不知什麼時候聽見，北角邨要清拆了。我們也不是過度耽戀從前，只是好些轉變確實使人措手不及。

時日太快，快得無法勾留從前，如東區走廊上的麥拉倫遇上瑪莎拉蒂，速度預表高度，清拆要快，建成要快。自東區走廊直視北角碼頭，周邊早已變得華燈閃耀，北角匯與海璇的魔力，闖入視域的都是最新最流行的建設。我以為北角碼頭原是這裏的地標，與北角邨和巴士總站共生，然而，現在只剩下這老而不棄的地方與四圍格格不入，就像靜待死亡的老嫗婦在喘息，是她不識趣地留下來，還是她仍有可以被利用的價值？也斯〈北角汽車渡輪碼頭〉說：「情感節省電力／我們歌唱的白日將一一熄去／親近海的肌膚／油污上有彩虹／高樓投影在上面／巍峩晃盪不定」，北角碼頭的霓虹非對岸的燈火，她的存留也無法說得定，只可以說在隨時變易的世代裏大概沒有縱浪，也不是大化，那又何須多慮？歲月像在身體流轉，而我就是喜愛北角碼頭的慢吞吞，慢得像吉澳的雲般沒有飄散，也沒有所謂聚合，對於我這位北角老街坊而言，多一次乘船來回北角與觀塘，多買幾尾鮮活的魚，就是一次再次與她相遇於期。

「我」在冷酷異境已做夠了實驗，如果可以，但願也能在晴海碼頭處守候，等待切入世界末日的天堂裏，再次回溯舊地，聽着八十年代的*True Colors*，在10號巴士駛入總站時，自北角邨踏單車而至，拾回那個可堪玩味的西瓜波，再次和舊友瞪看工人繫繩，渡輪靠岸，那副傻兮兮的小子模樣。

飄浮倒影

烏溪沙海，沒有比這裏更能透析世情。

友人問起為何搬進烏溪沙，皆因從前家住港島北角，四圍商店閒逛，至後來搬入沙田，就是相當成熟的衛星城市，卻也沒烏溪沙那麼遙遠。然而，我就是喜歡烏溪沙的遺世獨立。新置家居大概一年有餘，陽台向海，寧謐得如脱離了都市。海星灣的獨特在於其晦明變化，朝暮之色全然不同。早上澄明，湛藍與紺青藍交疊；至黃昏夕照，天空一片淡絳紅，與天青藍呈現漸褪的層次；晚上環視四周的墨黑沒有止境，除了圓月之夜，恰見月滿西樓，人初靜謐，圓影長長倒照海上，波光明月輝映；然而最難得的是，在凌晨時分曙光暗現，在一片普魯士藍與靛藍的層次下，四圍如萬物蟄伏，人的心靈彷彿被全然洗滌，驚嘆永恆的奧妙。而除了天色，海的確與天爭相鬥麗。烏溪沙海前的海灣，被左右兩旁伸延着的小山巒包圍，漲潮時海水覆蓋，一旦退潮，海灘呈現兩種截然不同的顏色；而最唯美的是海水退與不退之間，海灣裏頭呈現不同層次的綠，逐步伸延至外海的水色澄藍，中間橫向兩種不同色澤的海水成了分界線，就像把這片海分隔為裏外，友人戲説這裏是香港最後的馬爾代夫，我倒以為沒有虛説，海星灣的美的確令人沉吟其中。

人都緊密地聯絡着彼此，我卻不以為然。不是不懂自己怎樣孤僻，我倒因孤僻有助離群而遷居，至於景色的變幻是搬進來才懂得的。最同事説這是社交恐懼症狀，我很理解。別人為了海景有助樓價而搬入，經過一年時間，連一隻相熟的雀鳥也沒有，大堂阿姨像從沒見過我，前台阿叔常常查問我到什麼單位，我也自然地經歷着隱世的生活，如此美好。然後，有天我終於發現了露台外一片碧天上空，三隻鷹不定時在空中盤旋，有時單獨行事，有時群體，古有大鵬摶扶搖直上九萬里，現今小鷹內斂低飛翱翔樓宇間，幾近之時，以為驟然衝入，然後又摶扶搖直上幾公尺，向別家逗樂。於是，我給三隻鄰鷹改了名字，身型最小的叫「小倉」，中間的叫「小野」，最大的叫「小澤」，都是以姓氏命名，由是尊敬，待熟稔後才直呼名字吧。最常出現的是小倉，而且飛得最快，也沒有指定路線，自由地飛，想到什麼地方就到什麼地方。小澤飛得最近民房，有時還以為與牠對上了眼，還是錯覺，反正每次就像素未謀面的交流。小野不獨行，群飛在小倉和小澤之間，身體色澤稍淡，也飛得較規矩。在海星灣的上空，三隻鷹自由地飛，有時靠海，有時靠山，後面大陸的莽莽蒼蒼就是大鵬灣了，名字剛好。鷹沒有打擾人的生活，也不打擾魚，只曾瞥見鷹俯衝海面，像叼走了什麼似的，我猜想是魚，小澤原來飛得如此快速，還只有一次看見，之後也沒有再見牠們這樣俯瞰海上。我常以為小澤和小野是兄弟，小倉是孩子，每次小倉飛過，甚而三鷹齊飛，家裏孩子必然大叫小倉，而我也在心裏默念着你的名字。

對於城市的人來說，海必然存在無可抵禦的誘惑，早晨日照海面，下午烈日透澈海床，但卻總不及晚上黑稠的海般美態，只要晚上坐在陽台上閉目養神，感受海潮流過耳窩，神志出竅，恍惚入夢，我寧願不摻半絲記憶的雜質，只享受當下自然的傾聽。住上了三個年頭，既然晚上是寧靜海，自然地我也開始了在午夜夢寐前靠海說話的日子。好幾個晚上，瞅見船家停泊在海的中央，巡航燈映照，像黑布上的水晶，不但引誘祈願，還消磨了獨個兒的寂寥與空虛。我從此開始想像和這些船家打起交道，好些晚上，我駐足在露台瞧着船看，想像他們在船上的生活。四周真是太黑漆漆了，海潮最終也無法帶來船家的梆聲，我只能夠想像船家和三兩友好在船上以電熱鍋煮吃，竹筷敲着碗邊，輕歌作樂。然而這還是古典意象幻入勝境，真實世界的狀態大概不是如此快慰，可想像的是船家邊打撈漁獲，邊粗言喝罵，以漁為活，有一天沒一天，生活本如是不輕易被分解，如魚飲水，冷暖自知。有次走至海星灣外沿，就是水漲會沒頂的地方，靠岸的船夫在把弄器材，我與船夫攀談起各種生活事，我也沒交代自己是何許人，船夫看我外表斯文，囑咐我如無必要不要行船，尤其以這種小船捕獵，利不多，工夫不少。談起天氣不穩的日子，每次出行也像告別式，沒有聒噪，也不用噤聲，有時大浪翻騰，海水沒頂，船翻了就在海上待救，也不是一次的經歷。如不幸葬身海洋，粗活的軀幹頓時成了飄散的亡魂，似乎再神傷的情感戲碼也枉然。我感謝船夫的好意，只是，我因此反而感到興趣，不期然想到，這種海中志業本來只有在小說或電影中看見，而船夫不懂。

晚上的海星灣看不見海星，只有海旁暈黃的路燈映照，映出海灘上的紋理，泥黃混入黑炭色的沙與石，海灘形成各種各樣的紋路，有時海水隨之流向，流入內裏形成短暫的小潭，潭上映出一片迷黃。有時海灘上有白色亮光四圍搖動，又聽見人聲嘈雜，河灘上一時的慌亂和狂喜，誰會在暗夜提燈，四處亂撲，就像蠕動着的蚯蚓，在泥土自出自入。顯然，我一直認為是幾對少不更事的戀人在作怪，誤以為沙灘黑夜好不浪漫，若無端翻出感情初萌，想必比起翻泥輕易。後來才曉得這些燈影原來都是摸蜆的人，每晚在海星灣水域裏挖，作揖哈腰，然後裝作若無其事，就像細菌般無聲無息地入侵。友人說這些摸蜆的人正在破壞生態，我遂在陽台上裝出悚然訝異的表情，要叫摸蜆的人瞥見，但可以想像他們只認為我正在享有全然陶醉的幸福。

又一個別緻的晚上。其實海星灣每個晚上也別緻，就連暴風雨的晚上，狂風中也很有美態。記得早年狂風大作，香港四圍水浸，情況固然悽慘。只是烏溪沙外海竟然有說不出的獨特，那是睜眼看着遠處，濃密的雨佈滿天空，雨逐步向樓房這面飄來，飄至西貢外海，再蔓延到小小的燈洲，這時海星灣仍有日光普照，對照起來如天文亂潮，一陰一陽，奇妙至極。最後濃密的暴雨終於掩至，覆蓋整個海灣，又打落露台木地板和玻璃窗上，發出隆隆巨響，我才意識到這次暴雨不如以往般程度，最終因漏水處處，整夜無法入眠。然而，天文異象遇上奇妙海灣，我還是要感謝海灣的配搭，滿以為在外國才得眺覽這種自然現象，現在竟然歷歷在目。

然而海星灣的美在於其宏闊的視域，從這方望向那頭，從遠處聚焦近景，會發現景色飄浮，海上的雲和天上的影是自然的錯置還是，本來的折射如幻境，天上人間。最意料不到的是，遠方近大美督的船灣淡水湖堤壩外頭，常有巨大貨輪日夜停泊，我還能想像船員經歷多個月航行，終於停泊在香港境內，享受這城市的風光無限。而船上的人想必是歲月搓皺的海員，在無邊落木的枯槁生命中，經歷着不容易的人生。我曾打探過這些貨輪住了什麼國籍的人，既然國籍不同，那就有不同的故事可以說。然而香港故事，為什麼特別難說，船員也不知道，縱然貨輪已駛入香港內海，我們也無法向異國朋友說得清。既然說不清，那就不如不說，若能招待，反正是人生過客，沒所謂有意義沒意義，只揣想有天能招待船員到家吃個飯、洗個澡，傾聽船員細味家鄉與來歷，又別是一番風情。只是，任我怎樣搖旗吶喊，亂聲呼喊，船員總不曾現身。看來船員就像不輕易登岸，這是船員終生的宿命，終年以船為家，只要一登飄浮劇場，戲只有不住地上演，而充當主角或配角的船員，能上演的就只有戲中戲，劇中劇，而無法真實地重返陸地，腳踏實地重過土地上的生活。然後我要問船員，為何決要終生以船為家？我不懂他們是耽溺於遠行的魔力，還是潛逃身世的假寐，我想在旦夕之間把生命投奔怒海，必有無法說得清的難處。是基於某種生命的放失，還是重新尋回生命的內韻，都可以說是精神的重新體會。所以，反正貨輪一直點燃着燈火，好些在生命裏跌跤過的船員或許以此作為逃遁的出口，為使剩餘的生命保存獨有的矜持，讓暗夜的心房得以安息，行船不就岸的生活顯然是理想的重置。

說到這裏，又瞪眼看見暈黃的月色自海上而至，黑魆魆的海仍舊黯澹，無論是船家還是船員，彷彿有着多層苦衷而力不能勝，雖明知生活苦迫，卻仍舊自命解困，我的心裏由衷地表示嘆服。此際，回溯自身的處境，沒有了日照時叢間的一畦松綠，陽台上的愜意也不過是虛情的瞬間，這種虛有其表的狀態，或許更真切的，其實只有在幽暗中靦腆的自嘲。

流動着的光

密集的樓宇遮掩着，光線無法穿透，街道陰冷，拐過好幾個彎，除了瞥見連鎖便利店，無非只有大型咖啡店與書室，有一刻還以為連街燈的光暈和狗吠的迴聲也一併被同化。這個下午，本打算逮住午後秋情，卻因外緣氣氛驅使心情變餿，也該算是多愁善感過度，已不止一次，我又再次漫無目的地遊走於向晚的街頭。

這是碧天。為了拍攝作家劉偉成博士的專訪，遂與文友偉成和璇筠相約在中西區。我們先是為到午餐費煞思量，卻意外地跑進一間小餐室內，頓時受着餐室的裝潢所吸引。淡黃的髹油前懸着鐵錨，燈泡顯然是裝飾，紅磚牆上映進通透的日暉，就像是久違了的美劇場景般獨特且精細，我們幾人彷彿墮進異域，還自詡奢華般吃了頓安樂茶飯。

飯後俯拾幾步走至太平山街前，張看見山書店兩層樓房，外牆奶白，窗櫺塗上黑漆，幾張木桌椅自由地擺放，書架上開放着幾本書，原來尖削的陽光映透晃動着的樹葉，殘影打在牆上，打在桌椅上，打在書架上，班駁的樓房就此融進秋日的和煦中，如一首流動着的詩。我這街頭路燈，「糜爛的光影，空幻裏不會有痛楚糾纏。」無法截斷那永遠空虛的秋思，等待濕冷的思緒凝縮，再次游離於春潮，成為璀璨煉葉的顏色。於是，我在如詩般的空域裏游離，天旋地轉如美學的運鏡，在其中恍若跑進某本不知名的小說裏，成為其中沒有被提起過的路客，而我正沉寂於這不動聲色的氣象，如在普羅旺斯馬賽街巷之間穿越的閒散，對落街巷是彩繪的牆和流梯，牆像微醺的醉客，呈現幻化的線條印象；流梯像迷醉倒泊着的客旅，全然躺臥。光影打在彩繪上且真亦幻，遠景維多利亞港會否是福斯港的複視重影？

見山書店的雅緻也在書店以內。古舊的打字機端放着，看似有本話說從前的小說正在書寫，或許作者沒打算把書本寫起，因為這是一本沒法寫完的書。然而這是一首後現代思潮的詩，還是充滿距離的陌生化散文，抑或是可以無限延續的小說，也不相干，反正文字在風中輪轉，總會在它重新想像的地方出現。你說不是嗎？只要走進見山，就是一趟時光逆旅，窗旁置着約翰．米爾頓的英譯詩作，光影從窗外折射映入，就像打落在梯間端坐着的他，打在他蒙着的雙眼上，我們恍若聽着他親述《失樂園》，直至夕曛初見甚，才記起原來他早已搶奪了今午蘸染着的日照光暈，成為更閃亮的星光。

環視店內排列着的書，中西古今的好作品，這是閱讀品味。一直對伍淑賢《山上來的人》初版遍尋不獲，走進店內瞪眼看見書正好擺放在陽台前，封底貼着「非賣品」，老闆人好，二話不說好書相贈，我除了感到驚喜，遂於一星期後把自己的幾本《離群者》小說當作回禮，顯然水平與價值不對等，也算是佔了個莫大便宜。後來老闆說小說都賣掉了，總算收穫一份心安理得的幸福。我差點忘記這次是為了送書而來，然後再次回到城市的單調裏，步道上夕照霞光已在撒野，心頭卻別出一份前所未有的悸動，皆因作家和作品融通於書店內，幾小時的文學複色光譜如稜鏡分散，是波長範圍內的可見光，以文字寫成的文學譜曲。

爾後，再次前往見山，是《虛詞》編輯為「書聲 SyuSing」約訪，這次是自己的訪問，談「書聲 SyuSing」的意義。端坐在閣樓的書桌前，眺望書店的清幽、雅淡和風景。那個時候風光如昔，除了書本的聲音，還有樓梯的節拍，和光暈中倒影着的自己。然後又是兩年多，再次途經見山，它，原來有了自己的前路，塵埃落定。我沒有進去，只是眼目時有灼痛，卻又見光影曲折。然而，光影仍然打落，在店外，在身後，在普羅旺斯的商店與港灣，如遙感中的電磁波段，在不知道什麼時候，星光會否又再撒野，作為溫暖的祝願，撫平那曾被灼痛的眼目與心神。

潛行咖啡店

在城市的街頭巡弋，濕濡的地磚，寥落的腳步聲，偶爾漫過的房車，雨驟然落下，迷醉的黃昏重構了城市的光影，自巴黎第十一區伏爾泰大道拐入，我更喜愛刁鑽的小道，浪漫唯美的法式咖啡店，Le Pure Café 山茶紅色磚牆，牆上一盞盞掛燈如裝飾，一扇古舊大木門，簡約木質枱椅，閒坐在咖啡店外，才發現雨水映得遍地殷紅，不是光影，是花在地上開着。

頃刻間，雨水放緩，地面如一層霧。我什麼時候無端坐在舊巴黎的古老咖啡店外，有如潛進了波特萊爾的浮世舊巴黎。我試圖把手伸出，掌心沾了雨水，雨水在手中摩挲，曼妙的雨顯出四圍的靜謐，薄暮冥冥，我呷一口特濃咖啡，在黃昏時的微光裏，巴黎步道上的途人行進又經過，衣履穿搭亮麗，不斷來回又折返，猶如在上演着華麗時裝秀。所有人都穿上絢麗襯裙，留白的瞬間，只要人能夠優雅地坐着，我感自己恍若成為富麗巴黎所構成的部分，只要輕托着頭作思考狀，我敢說自己雖在咖啡店門外，卻同時自由地在塑造着巴黎的憂鬱。巴黎實在太過瑰麗，怪她過分美麗，如果可以，我想把眼前的風景拓印，裝裱成冊，成為記憶，還是難以忘記的追憶。雨水打落在木枱面，發出滴答的節奏聲，當下的巴黎仍舊浪漫，像抒情詩的餘溫，沒有飄散。手邊的抒情詩集早已經弄濕，把詩集提起，赫然原來已端坐在旺角街頭的連鎖咖啡店內。

倏地，雨水横斜地打着，途人四圍奔走，有些人衝入咖啡店內避雨，擠得店內都是人。不錯，這是常態，咖啡店從來都是人頭湧湧。旺角連鎖咖啡店內幾位青年圍攏着，如沙翁黏着食糖，反正一桌幾台手提電腦，有替人家補習的，通常一坐一整天，倦了還可攤睡片刻。旁邊穿搭筆挺正裝的中年男子，說起話來必恭必敬，毫無疑問，他是當保險從業員的，咖啡店飄着香氣，光影映照，客人聽得自在，不好岔嘴，保單大概沒有問題了。那位獨自安坐着的少女，一身潮流打扮，把泡沫咖啡提至胸前，尾指外伸，食指輕敲紙杯，裝出格調，可少女的眼睛不住地瞄着手機，酸澀的眼皮透析着暗戀紅塵的妖魅，對她來說，咖啡店從來只是自我慰藉的無聊場所，除非為了拍照打卡上載社交媒體，呈現咖啡店內的的文青風味，那就是快樂的根本。還有那衣着簡便的人每逢跑進咖啡店，免不了叫了杯凍檸茶，再加一杯水，以便添飲。旺角咖啡店內就是無法調拌出應有的質感，愈來愈像茶餐廳的隨意。固然也不必太過拘謹，但也不能太過隨便。只有我，就像異於常人般坐席，在旺角咖啡店手執波特萊爾的詩集，朝街外張看，看那伏爾泰大道外的雨愈下愈大。

巴黎的咖啡店彷彿在訴說着一個個撲朔迷離的故事，有時靈魂可以飄往不知哪裏去，又像豆莢般輕輕墜落無聲無息。我慶幸巴黎的咖啡店內沒有旺角般的人潮，如今已不願再想起那混亂的光影，裏面的人就像樣板，按着命定中所分配到的角色，在做着相同的事情。真是磨人心思。但我總以為時空可以逆轉，只要閉起雙目，在特濃咖啡的氤氳香氣前，巴黎咖啡店使人活在無法抗拒的誘惑中。雨聲如鐘漏，再次滴在巴黎咖啡店的桌子上，睜眼一看，眼前俊秀的店員穿着光布西裝背心，繫上領結，穿梭於咖啡店中輕盈自若。我又在享受一個慵懶的下午，在巴黎咖啡店外看人的微笑，賞人的穿搭，姑勿論波特萊爾的巴黎帶給我們怎樣的寂寞，然而這種沒有人打擾的靜謐與舒坦，是個人化的象徵，也可稱之為「疏離美學」，至少不用在本應悠閒的咖啡店內努力地在做以為有用的人，靦腆地與生意夥伴交往，雖然彼此不了解對方，但卻又必須安然無恙地相處在一起。

李歐梵教授在《尋回香港文化》〈找尋香港的書店和咖啡店〉說：

「最理想的休息處應該是一家四壁堆滿了書的咖啡店，隨手拿一本書，邊看邊喝咖啡，看完了不想帶走就放還書架，否則乾脆順便買下來。」李教授以為不能在香港找到這樣的咖啡店，畢竟地租太貴，容不下，惟台灣和日本卻有。的確，我有這種經驗。就在一個陽光淡薄的冬陽，台北忠孝東路三段的樹影下，於 Moom Bookshop 購置了好幾本攝影集，然後在附近有間稱作「慢步調咖啡館」的地方，因着這名字的牽引，我就這樣放慢步調，走進店內小休了一個下午。店內中央柱子安裝了書架又放滿了書，最吸引我視線的是甘耀明於二一一年發行的《成為真正的人》，寶瓶出版。於是，我毫不考慮買了書，還有蛋糕和咖啡，而我就是在這種狀況下想起李歐梵教授的說話。什麼時候香港的咖啡店會這樣與書店合體，既然書和咖啡都是生活必需，是否應有更多這樣的空間來詮釋生活質感，至少如巴黎咖啡店般純粹，因為咖啡店的本質其實只有一個，就是什麼事情也不幹的慵懶瞬間。

深圳文青Citywalk的那個新的從前

城市散步本來在社會學與哲學有很多討論，而香港文學散步盛行，要感謝中大中文系小思老師提出。小思老師受學京都，自然對散步的意義很清楚，因為日本早年已有散步的概念，稱為散策。學者唐睿〈文學地景中的身份意識——從文學散步到地景書寫〉對香港文學散步作較全面分析，近年黃宇軒《城市散步學》或可洛《來一場文學散步》有意識地將城市散步和文學散步普及，令更多對城市或文學有興趣的讀者，可以結合自己居住的城市，聽聽城市的腳步聲。固然，城市散步必須提及本雅明提出都市漫遊者的概念，以波希米亞的城市散步風格，一方面居住城市之內，另一方面以客體抽離的方式重新審視自己所居住的城市。至於李歐梵教授《都市漫遊者》，也向本雅明所提出的致敬。當我們談論城市，其實我們在談論她的複雜，複雜源於歷史流向，人文關懷，以至她的可能與不可能。城市之所以吸引，某程度上基於她所呈現的面貌，近年小紅書興起 Citywalk 的概念，聽說內地不同城市已有相當多 Citywalk 散步路線，這的確是時代的進步，縱然新興大商場林立，Citywalk 的精神卻在大社會中發現小生活，結合藝術和文學從而產生知性的新體會。內地這種風潮的確使人興奮，我也在參照小紅書「網紅」的提案下，遊走深圳文青 Citywalk 散步路線。

對上一次回到深圳，已是十五年前的事了。那時候每年幾趟，主要到深圳書城購書，無論古典文學或現當代文學的書籍，幾乎都是輕易獲得的，而且書價便宜，好讀書者必感快慰。這趟再次踏足深圳，十五年地方幾番新，除了路客手拖購物車沒有轉變，其他都耳目一新。從落馬洲過關，便是福田口岸。然後要到什麼地方，坐的士（內地稱為打車），只須十多塊錢就可到埗。基於這趟深圳之行定義為文青Citywalk，大概遊走的地點集中在書店和文青之地，Citywalk本來應以步道行進，我卻打車跳躍，來一場跨度較大的文青散步行。然而，我們還是當問，書店到底是怎樣的地方？我要說書店本來就與其他商店不同，是不是我太過奢求，書店其實不是商店的一種，她必須不屬於自己的空間，以熟悉的國度來理解無法看透的世態，且在抽離中不斷地在閱讀自己，在轉變不斷的潮流意識下時常審視自己的意義。如果要說十五年前深圳書城的購書經驗，那種務實的書店風格裏頭沒有別緻的裝潢。直至十五年後的現在，走進各種書店空間重新構建對深圳書店的想像，就像突如其來的神經反應與觸碰，只可以說書店的裝潢美得如搭建的戲棚，卻又貨真價實。

對於習慣閱讀和遊走書店的人，深業上城聯合書店可作為Citywalk的必要點，全因書店的確使人忘卻世俗。聯合書店就像一個平躺着的巨大十字架，縱向樓底至少幾層樓高，就像能隨便穿透。售賣書籍多元化，繁簡字書以至英文書皆有，好些香港作家的繁體版書可隨便購入，還是意料不到的事情。然後，又趕快地前往領展中心的愈欣書店，更會發現當眼處盡是日本文學，村上春樹、太宰治、川端康成固然不盡其數，其他日本作家的書籍都有，簡體字版大概四十塊錢，好些精裝版亦相當廉價。愈欣書店的書枱上正展示着女權主義的書籍，其中必然發現吳爾芙；而翻譯文學的書架上發現了《卡繆筆記》，翻開書本，卡繆說：「必須與世界和解，是本世紀的規劃。」書店不是世界的分歧，卻是世界的和解，只要把各種可能的語言和時代的作品安放在其中。從現代回到古典，於是我想起讀中文系時老師說，怎樣證明自己是讀中文系的人？就是書架上需放着一套司馬遷《史記》，而且必須是中華書局出版，單純綠色封面，十本一套裝。而我真這樣把《史記》放置在個人書架中，直至現在。

西西弗書店的名字顯然來源於薛西弗斯，可算是內地流行的書店。十多年前已在深圳開設分店，至今仍然保存中國最美書店的野心，只是後來以北歐風建築的書店陸續興起，加上其他書店與咖啡店更徹底地共融，要穩住最美書店的名字也不是易事，固然美譽時有更迭。西西弗書店已在深圳的不同地方開設，而位處 Coco Park 的書店，風格如英倫傳統建築風，樺木色澤書櫃作為基調，加上厚而粗獷的黑鐵大燈，配上黑色鐵網，呈現沉穩的格調，驟眼看來，有若位處倫敦的書店 Daunt Books，那常被譽為倫敦最美的書店。然而，流行的意義本來代表了她的成功，以自身的節奏活現獨自的風采，然而書店卻不能太過流行，流行最終成了套式。書店的存有最重視個性，如哲人的思考不能隨便複疊，除非流行的名字換上不同的軀體，個性化的存有更能誘使內建閱讀情緒的讀者。

然後，我沿汕頭街前往華僑城創意文化園，這次 Citywalk 最滿心期待的地方。我就是喜歡她的知性。城市之所以耐看，在於遊走其中能審視她的個性，發現她的獨有，然後在細微處了解她以怎樣的形式存在，就會發現在隱密之處有不少東西在說話。深圳華僑城創意文化園是一個分散之地，比起台北華山文化創意產業園區的集中，這地方就像更自由地顯示她的可能。舊天堂書店必須作為園區的重點，如果你是讀書人，各種細微的構想與佈置定必使你喜悅。門外的郵筒、簡約木桌椅擺設、各種植物擺設，文青風引來好讀書人，固然有不少網紅在這裏打卡。店內最矚目的是一幅貼滿黑膠唱片封套的牆，多為外國樂手的作品。店內售賣舊天堂書店自家出品，其中有這裏曾舉辦各種主題的搖滾樂專屬襯衣，後現代唯美風格。只要撥開店內門帳，後頭是精緻的書店咖啡空間，四圍盡是文青風擺設，店員小紋身的新潮，加上可愛極致的小黑貓，很有文青個性。小黑貓無端穿越人與人之間，有時有意無意依偎在腳旁，的確使人很有長期逗留的意欲，就像張愛玲說，你若還沒來，我怎敢老去，我也不敢無端離開，我以為小黑貓會難過。於是，在巴斯克芝士蛋糕和水果茶作伴下，就這樣消磨了一個下午。

應該說，這裏根本是個龐大的藝術場域，那個稱之為6號花園餐吧的咖啡館沒有在純粹賣咖啡，牆上看不完的畫作是咖啡店的主題，剛好在辦名為「寶石般的日常」藝術展，屬藝術家張敏方的個人展，在網路上輕輕搜尋，展覽還設有YouTube和Podcast，在平面的藝術作品之上塑造了立體的藝術對話渠道。旁邊有相當受注目的咖啡店M Stand Art，樹木貫穿咖啡枱，呈現保育，加上水泥建築風與全落地玻璃，讓自然和光融進咖啡店，這裏售賣的其實是一種文化。有趣的是一所名為「吃茶去」小店，在這裏別樹一幟，售賣各種年輕便服，卻取名「吃茶去」，就是在說明閒適之必要。而店家只用半間店鋪擺設衣履，另外半間店近乎空置，只放置了簡約的藝術品，門口地面寫着「逍遙是一種失傳已久的精神Living on the loose，the long lost lifestyle」空間之必要，不是香港這密集之都所能體會，可以說，空間與精神意義其實共存。精神意義怎樣創造？村上春樹說：「大部分的煩惱，養貓就會好。」這裏正舉辦「貓着」藝術展，展出眾多藝術家的貓作，以水彩、漫畫、攝影等不同形式展現藝術家心裏的貓想，於是我想起香港的貓珊，都在說明生活的本質和價值，我們這般役營何故？內地年輕人一早看透，也不能說是「躺平」，而是生活取態。然而，當我以為這裏的人都在看展，或者在文青小店閒逛對嗎？其實不是。那末大多數在這裏的人有什麼遊走的意義？我要說，意義可大。正當我仍在考究怎樣打好一份工作，可發現這裏原來四圍都是拍攝人群，樣子要怎樣精緻，穿搭要如何時尚，反正網紅處處，都在網路上推銷自己，也活現文化園，創意文化園一下子塑造得很到家，觀眾看的好，往後不必導遊，也不必費周章，聽她們的自是合度，管他知性不知性，反正就是文化群像在演示和說話。

話雖如此，小紅書的 Citywalk 路線雖然多不勝數，選擇還是根據本心。李贄《童心說》：「童子者，人之初也；童心者，心之初也。夫心之初，曷可失也？然童心胡然而遽失也。」風尚由人，全在乎我們自己。於是，在城市散步的辛勞過後，我還是選擇滿足口腹之欲。在靜候下次Citywalk之前，我趨前到達平安金融中心，那裏的「桂滿隴」店想必是Citywalk的美好駐點，還以為瞬間落入杭州的雅淡，滿隴桂雨不僅是西湖十景，食物是江南匠人手作，而店中三艘西湖上的船舶，一登龍船千杯醉，我就這樣宿醉不醒，沉吟在深圳城市散步的妙趣之中。

繁星下的時計

這是一趟學習之旅。

學習選擇的可能，學習智慧的意義。

如果能到悉尼一趟，最想前往的地方並非什麼大劇場或文化地標，如果可以，只希望在藍山國家公園當一天護林員，看看大自然生物如何伺機逃離人類的叛逆，在不動聲色的林間。藍山山脈的玄武岩區域，五千萬年來由火山熔岩覆蓋而成，山的奇偉絕不平凡，著名的三姊妹峰連貫，如此不離不棄，跟中國的奇山相比，可謂各得其趣。而護林員最想看見的是小動物，這裏的小動物與別不同，例如袋鼬屬、又名澳洲鴕鳥的鴯鶓、袋獾、澳洲針鼹等，你曾見過哪一種？我沒奢望能看見這些罕有的動物，如果能窺探動物的生活日常，算是福分。就連前往藍山的巴士站頭，不知何故長木椅上留下水印，水印像一隻水鳥形狀，剛好一口釘在鳥的眼睛位置，奇妙得很，水印若隱若現，我以為世途不好，鳥也隱身。於是舉機拍下這張照片，竟是藍山之旅最特別的動物寫照。直至乘坐纜車到山上，期待之心湧現，沒料到除了一片迷霧，還是迷霧，且愈向山裏面走，霧就愈濃。也無需聽說外國人的埋怨聲，至少看他們的臉容，就知道有多失望。然而我倒沒有，霧想必是大自然保護蒼生的魔法，就給小動物寧謐的一天，護林員所重視的不是驚奇，而是眷戀，我就這樣想像小動物的眼神因濃霧而精明，身體因濃霧而酥軟，就給牠們不需戒備的一天，重新活絡的生命秩序。這是大自然的智慧，在小動物最需要休養的那天罩起一片迷濛，不要給人類自以為有無盡的選擇。

既然如此，我決意回到人類的空間，給人類偉大的文明予以讚賞。悉尼市中心維多利亞女皇大廈，商場中央懸着巨大吊鐘，稱為大澳洲鐘，時針轉動，人在四圍走向，溢出購物閒逛的自在。時鐘數算着人的價值，人也數算着時間意義。這裏是悉尼的重要場所，為悉尼市的貿易而建立，為維多利亞女皇登基而命名。學院派風格，完全是新文藝復興時期十九世紀建築風，首次踏足這裏定有被震懾之感。它不是在平原上橫空一座遺世獨立的建築物，而是自然地融進最熱鬧的都市中，而成為無可企及的皇者，就像是一群準備征戰的武士中那卓越非凡的首領。四圍是如此鬧哄哄，又是悉尼市民自由進出的場域，旁邊是悉尼市政廳，沒有政治緊張的戲碼，你要參觀它的建築風，都是自由的。如果說維多利亞女皇大廈呈現羅曼復興式建築，那麼當中最令人注目的是那組神聖的雕塑，由設計師麥金托什在設計比賽中勝出的風格，包括「城市之神」(Genius of the City) 雕像和「文明之神」(Genius of Civilization) 雕像，都在說明城市文明的必要。但我們要讚嘆的是，所選作品來自參賽，沒有既定，就是選最好的作為標記，這種自由之風滲透在悉尼市內。而大廈最有特色的地方，乃呈現歐洲中世紀半圓拱式的設計，哥德式建築帶出神聖而幽暗，是一份靜穆的和諧在飄飛，這種拜占庭建築特色，呈現圓形穹頂，色澤瑰麗而淡雅，驟眼看來，以為是伊斯坦堡科拉教堂同樣的神聖。維多利亞女皇大廈的莊嚴和獨立，規則對稱的排列，無怪乎被譽為世界上最美的商場。十九世紀至現代的建築風格融合，所謂折衷主義的建築美學，既能在塑造與還原歷史感的基礎上，以創造性為目標而非純然懷戀歷史遺風，從而創造時代特有的壯麗，就是到悉尼卻不可不到的美麗大廈。

當然，最吸引我注視的，仍然是商場內的巨大吊鐘。只要你一直看着時鐘擺動，有一刻會看得出神。基於時間不是靜止的，故此，當我們談論過去，我們正與過去道別，而當我們談論未來，我們正向未來前進。其實我們應怎樣解讀時間？時間到底是先驗還是後驗的？事實上在平行時空下，有億萬個不同故事在不住上演，只是每個人的時間意義不同，就會產生不同的後續，而發展了新的脈絡。可曾有人想起，在每次秒針停駐，世界不知什麼角落裏，有小童青春正茂，卻可憐地失足離世；有老人怎樣也死不了，只望着鐵皮木然地發呆；而我們竟漠然地忘記了，原來自己也是下一秒鐘的主角，在形成下一秒的故事前，我們一無所知。我們很懂得珍視時間的價值，但畢竟誰人愈對時間敏鋭，就愈會顯得困惑。其實時間的軌跡有誰訂定？誰主宰每秒之間的距離？誰把我們安放在青春到年老的永恆變化裏？而我們到底無法衝破的，那就是時間的順序。

對於我來説，悉尼歌劇院是何等夢幻的場所，它絕不是叔本華形而上的美學，所謂意志的準確再現，然而，至少也像黑格爾的藝術象徵意義，因為美是理念的感性顯現，建築師在歌劇院設計競賽中勝出，把個人的建築美學投射在如此重大的計劃中，就如維多利亞女皇大廈一樣，澳洲政府開放建築設計，給不同國家的設計師參與競逐，這種文明開放的思想，就讓建築風格帶來更多意想不到的選擇，而最終由出生於哥本哈根的丹麥建築設計師約恩．烏松勝出，現在看見悉尼歌劇院的設計特色，就是來自他的建築美學。黑格爾認為象徵美學是把藝術作為物質表現形式，從而壓倒心靈內容的崇高風格，而悉尼歌劇院的建築風格本來就是基於建築師的文化聯想，從而建構的藝術外在表現。然而，約恩．烏松最終沒有完成悉尼歌劇院的建造，與澳洲政府鬧翻，加上政府財務緊絀，決定離開了澳洲土地。繼之而來的是彼得．霍爾（Peter Hall），他帶領了澳洲建築團隊，特別是重新設計了歌劇院的內部建築，完成了這絕世美學建築。這個座落於人工半島的悉尼歌劇院，毗鄰悉尼港灣大橋，旁邊是悉尼皇家植物園和博物館，以藝術作為城市中心，加上美輪美奐的周邊環境，城市的靈魂就像時刻在躍動。本雅明對於過度城市化以至帶來機械化的重複，於是城市的靈韻因而消失。黑格爾更提及「藝術死亡」的概念，民眾不再感受藝術所能產生的多重意義，藝術消滅驅使思考的無意義，因為美學意義就是哲學的本質。故此，黑格爾說：「只要我們談論藝術，它立即變成過去。」因為我們沒有在藝術之中，我們只在藝術之外發出嘈吵的聲音。所以，我要說的是，藝術就是思想的本質，藝術生命就是深度意義的展現，正如城市的靈魂之處是公園，因為什麼城市重視公園，什麼城市自然有恢復靈魂的本質。

又是夕照，這天打落在悉尼歌劇院之上，我獨自在步道上行進，看外國人在舉杯，在快活地交談。而我等待至晚間，進入悉尼歌劇院內看劇，無比雀躍。院內四圍都是人，人頭如長滿蓓蕾的枝頭末梢，歡聲此起彼落，衣香鬢影，男的正裝，女的晚裝，是對歌劇的尊重。年輕男女都在享受友誼交織，片刻美態，如進夢鄉。頃刻感到原來自己已在這藝術殿堂裏，這裏即將上演年終晚劇，意謂己亥將盡，迎來庚子，好一番氣象，所謂遠慮近憂，都可拋卻。經歷着時空的轉移與幻化，我沒有誤會這次到悉尼遊玩的意義，為了證明行旅中的生活充滿價值，我也不期然地與外國人堆在一起，今夜是大除夕夜，民眾都堆在悉尼歌劇院旁的海邊，靜候悉尼港灣大橋的花火，慶祝新年到來。眾人都在等待。直至倒數將至圓滿，零秒距離，「新年快樂！」歡聲此起彼落，所有人就像突然感到了希望，以為新的一年必然迎來好運，沒有人帶上一聲悶吭，都在竭力地喊出祝福語，深信新年的願望成真。這種新年的祝願我也感受用。反而，真真正正意料不及的是，一個月後，竟是迎來三年有多世紀疫病的開始。

然後，在翌日走進悉尼大學，腳步特別放鬆，在夕暉下看這一百七十年的哥德式學府建築。這裏不是哈利波特的拍攝地，但由於學校太像霍格華茲，故此好些旅行社為謀生意，就用這個虛擬噱頭作青睞。其實也不好說是虛擬，當我走進悉尼大學，彷彿感覺如在霍格華茲，至後來到了東京新設的哈利波特影城，才懂得怎樣區分當中之別。遊走在悉尼大學的一大片草地上，瞬間成了哲人，原來空間可使人變得通透，如是想起多少哲人哲語，心窪由衷地折服。悉尼大學的校訓，所謂繁星縱變，智慧永恆，簡單二語，在空間裏審視時間，在時間裏突破空間，涵納識見以創造美好新世界。問題是什麼才是真正的智慧，我們就要問大學的意義了！既然是高等學府，也就是為了求智慧，發揮自己，從而貢獻世界，在世界上產生美好的意義。然而，多少人能傾聽永恆的呼聲？如果說大學生只求眼前，為追逐生活而學習和勞動，那麼，我們就可算他們為沒有貢獻嗎？在這個如此困窘的世代，能認真為生計努力已是不可多得了，反而有時會問，是大學生付出不夠，還是我們對大學生幫助不足？智慧的確是永恆，然而一人有一個故事，如能偉大，就當一個偉人；但如果不想偉大，簡單做自己又有什麼不好？不對嗎？生命本來就是選擇，偉大的人通常都疲累，縱然生活技能已熟練得老巧，卻活得毫不放鬆自如。畢生營役，日子耗盡，怕為生計，也為生存，從來也感毫不輕易。什麼才算是真智慧？最終還得看是否學會如何做自己。

於是，我不期然走進悉尼市的太平洋廣場。不要因太平洋三字而感偉大，這裏只是個賣魚的地方。有別於其他購物商場，這裏主要服務馬魯巴地區的民眾，雖然有其他售賣商店，但魚市場是這裏的特色。魚端在冰面，像新鮮活過來的感覺，如果在這裏買魚煮食，想必是豐富菜餚，固然悉尼市本來近海，收穫來自海洋的幸福。如此簡便輕易的生活方式，在悉尼市內隨處可見。只要抬眼四看，民眾的衣履穿搭很簡便，許多穿上沙灘裝束，背心、短褲、拖鞋，如此在大商場閒逛。有別於香港，就像是必須正裝穿搭，而且講究牌子，衣履上必然可見某種牌子的標誌，甚至更多。如果悉尼是沿海城市，香港是個島，更是四面皆水，那末近海還是內陸還不是緣由，生活本質才是。從外到內，什麼時候拼命工作換來奢華穿搭，什麼時候閒適自若輕便簡出，也沒有說什麼是好，也就是個人選擇，生活的追求與嚮往。

我因此也像沒被靈魂拷問過的遊客，跟隨風尚跑一趟熱門的行旅，整個下午逗留在邦代海灘，聽自由之風傳來吹奏的幻音。俊男美女追逐，大人小孩接耳，悠長的浪灘除了佈滿人潮，那個與海水相接的泳池就像充滿仙氣，後頭卻是天然地質而成的大石，如澳洲中部的亂石群般奇詭。如果歌劇院是悉尼人的心臟，邦代海灘就是他們的肺腑，人都往這裏跑，呼吸沒有給過濾的空氣，因為天然清淨。不是說我們不往海灘跑，赤熱仲夏的石澳或淺水灣不又是人多勢眾嗎？只是，如果我們仔細看這裏人的面相，是天然的快慰，就像活得命也長一點的模樣，只消在餘生繼續這種視風光如己出的愜意，沒有錯怪價值，也不必高呼意義，能這樣生活下去就好。如此看來，無所謂真智慧，只要把持純全的善良，當一個能選擇自己生活方式的民眾，有如莫春三月，冠者五六人，童子六七人，浴乎沂，風乎舞雩，詠而歸，歸來短暫，然後又是下一次永續的行旅。

行旅沒有既定的意圖，只有選擇的情趣，因為人的一生，大概只為了智慧和選擇這兩種追求。我們都活在時計裏，縱然絞盡腦汁，也敵不過時間的不可挽回。人本活得自由，時間卻使人失序，若莫名地落入空中鳥籠的羈絆裏，一生往復拼逐，直至溘然長逝，臨終時才醒起，原來物我兩忘的愜意早已拋諸腦後，終其一世原來已敗在時計裏，徒然追逐。

記憶的錯序

天逐漸轉黑，城市燈火也漸次亮起。燈飾沒有以往般使人目眩，行人如螻蟻，濕濡的街道，張看汽車駛去，光軌錯綜複雜。在意識還沒有成形，黑稠的四周已吞吃了時間，而風掠自巷口，寂寞滲透，思緒流動亦徘徊，回憶與來生交疊，與友人舉酒，她說要離開了，且連名帶姓，從此消失於這份本來熟稔的工作。

霧化的雨仍舊在下，我們談起過去。過去妳曾經相當滿意現狀，把生活奉為信仰，我仍然記得妳家裏牆壁上掛着清新，陽台上晾着自在，透明玻璃花樽內養着日本小繡球和日本雪柳，沙發上擺放着長型艷紅色德國咕嗱，書房內添了印尼製雨木書桌和胡桃木座椅，反正日子過得好，活得像個小文青，也談談生活品味，什麼時候開始，妳連緞帶髮夾也要講究。都年過三十了，購了這套新房子，向山，感覺清幽中帶穩健，與陽台壁上冒出的羊齒植物剛好襯色。工作亦已踏實，開始當了主管職位，沒有了從前魍魅的虛晃，才發現那些二十出頭的少年除了一股傲氣，卻什麼都不是。這些年妳開始注重飲食，愈吃愈精緻，靈動的口味在召喚，可是保險阿姨奉勸妳健康飲食，妳作揖哈腰，半推半就，吃是吃少了，卻不忘在家裏添置了跑步機。這是妳想要的日子，沒什麼顧慮，公司也沒有給妳過度的張力，妳倒替公司增加了好些真實存在的軋軋聲。

然而這都成了過去。

在飄蕩的遠方，是否迎見了妳的將來？妳總是說當斜槓族後家居的佈置特別鮮活，沒有過度蒸騰的熱氣，沒有張牙舞爪的走獸，沒有乾裂燥鬱的荒原，只有澄明的天，爬藤處處，和灼目的相思林在撒野，所有人都活得自在，風在臉上摩挲，雨水打落如甘露，偶然蒼鷹翩飛，更覺一片舒徐。我們舉酒。我卻告訴妳這不是絕對的，生活變調中的天氣無常而且極端，不是時常落入冰窖，就像掉進火坑，自己養活自己的生活終年也在提防，氣候變異說來就來，就像無聲無息的細菌在滋長着。妳指着前方的港灣，呷一口清酒。妳說這樣的快樂多得可以揮霍，沒有限度，甚至可以醫治說起話來結結巴巴的問題，就像漱洗一下口腔般輕易。而且，生活從此變得翠綠欲滴，想種什麼花養什麼草也與別人無干，這樣的人都選擇自己喜愛的東西作表徵，象徵自己的曼妙美態，還是充當不起眼的匍匐葛藤，皆無須恐懼，也無必詮釋，自己就是自己的主人。我們再次舉酒。我卻沒有想過分辨藤和蕨，我倒認為妳要想想怎樣設法把工作從無中生有，這看來也不是容易說得過去的事。妳的本事從來也不等於世界的缺欠，就算妳願意從頭再來，也得看人家的風尚和節奏，不要以為從此活在伊甸園，自尋商機還不是人人都懂。

或許應回到現實裏巡弋。

在記憶與將來之間，也當再在這座城市裏舉杯，呷一口淡酒。妳說公司的燈飾沒有以往般使人目眩，同事在步道上走着彷彿顫巍巍般，也認不清來時路，就連影子也是灰暗的，暗影浮生，浮生若夢，從前那種暢快就像不再存在了。妳說主管工作已不再是妳的考慮，妳也不打算想及晉升。不知從何時開始，妳沒有再談起穿搭與食療，生活已非由品味來判斷是否廉價，養花不再作生活基調，文青當不成就別當，妳甚至在感覺逆來順受時，乾脆把那棵權衡生活品位的羊齒植物丟掉，用以證明妳的自怨自艾已是情非得已。我們暢飲，酒在杯中搖晃，然後一飲而盡。妳談論的全是以往未曾提起過的價值，可是現在於妳而言卻是最崇高且不可剝奪的。妳說公司的空氣轉換了，變得渾濁，有時使人窒息，也增加了心悸的風險。有時妳想盡可能把話說清，卻發現原來無話可說，隨之而來的只有自我追問的迴聲，而裏頭一直存在那扎實的軋軋聲卻已良久沒有再彼此交疊。這是妳的現況。在記憶與將來之間，我想妳還是會選擇離開，至少在沒有羈絆的步道上，妳會想像蟄居的樂趣，而妳也早已認定自己看懂了自由工作的風尚。至於我倒是什麼也懶，懶得適應，就連價值也懶得判別，反正日子從來沒有一天是容易的。我覺得這裏很好，沒有妳想的複雜，我只認為簡單的快樂就是快樂，簡單的幸福就是幸福，妳的慾望太多，而我卻沒有。

然後，她告訴我，慾望是簡單的，快樂卻是複雜的。我卻說，原來在每個人心裏都活着一座城。無論是在怎樣的城裏活着，假如要慾望一座城市，只有一件事是永恆的：就是記憶的錯序，妳以為記憶沒有把妳欺騙，其實根本已錯綜複雜，錯序的從前，一如疏落亂葬的墓碣。而終有一天，每個人都會走進其中，尋找屬於自己的碑石。妳，或者我們，仍然相信復得返自然嗎？

原來這般輕易，我們就會彼此分隔。從來沒有看見過病毒，但卻阻止了看得見的肌膚親密、兩手觸碰和真實的微笑。於是，我嘗試脱下口罩，對着鏡子看自己的臉，我不懷疑自己的皮膚乾癟到怎樣的程度，滿臉鬍子也不怕太過猙獰，只是我連展示那不修邊幅的自己的機會也沒有。因為我們要彼此隔離，而安全是隔離的理由。

於是，我捧着地球儀，順着經緯線轉動，嘗試想像我曾踏足過的東京、威尼斯、布拉格和 Le Mont-Saint-Michel。如果可以，此刻我願跑到世上任何地方，看看花是怎樣開放，雲是怎樣飄蕩，人是怎樣自由地啟航。我也曾獨自身處這些地方，遠航在外，嘗試觀看彼邦的格調，周圍只有陌生人，陌生的土地，陌生的存在，我也視每次出行為一次自我隔離，而與疫病的隔離是完全不同的。更基於疫症的隔離，我更深深體會自我隔離，對所有人來説都是彌足珍貴的，我向自己許下承諾，三年內必須到意大利、芬蘭或冰島當藝術駐留者，我要與當地的物象、人群、空間、情緒共生，建造我個人的藝術説法，展示我的藝術意識，並用我的藝術形式來説話。我不知道當地藝術家將會怎樣審視我的藝術表達，然而，藝術駐留至少能產生陌生的意義，對我還是對當地藝術家也是。

我重複指點着地球儀上的不同位置，對某些地方的記憶十分清晰，某些沒有。記憶不都是可靠的，且會因着時光而產生新的詮釋和解讀，尤其對於一些地方的意識形態，起初以為很懂，原來走進其中，會發覺完全不是想像中的模樣。而又有另一些地方，是在離開邦國後，才對這個地方產生新的又意想不到的了解。原來在幾年之間，我對一些曾以為非常懂的地方產生了無可接受的感慨，例如一直以來我會認為有些遙遠的國度很懂人情，有些很講禮數，有些很重民風，有些很會接受，但在各種世道變異中，我對這些地方產生了不少疑惑。我就這樣站在世界的邊陲，量度着彼岸的距離，直至一刻，我逐漸發覺原來我對她們產生了各種各樣的懷疑、疏離、無法理解，甚至以為陌生。原來除了身體受傷，我不知道原來疫症的副作用，是會把人的記憶改易，重新組織，重構我們不曾存有的感受。我大概理解這是疫症所不為人知的後遺，沒有物理學的證據，沒有精神科的剖析，更沒有心理學的判斷，我只是單純地將以往和現在的認知對照，再重新審視這些地方將會演變成怎樣的面貌。

我不否認自己是多麼渴想自己做一個稱職的行旅，在瞬間看地球的成長，看民風的轉向、看地景的消亡，因為出走從來都是我所欣喜的生活態度。我不能忘記上海外灘百多年的身份如何使人着迷，北京吉兆胡同如何樸實不華，而我亦想再次久居瑞士的庫爾山頭，感受飄零燕的青葱蕩然，再次到契斯基庫倫隆感受相同的樓房怎樣環繞古河。還有，我還未曾前往秘魯的馬丘比丘，到玻利維亞看空中之鏡，去約旦古城尋找歷史意義，日子有限，生命比日子更短暫，為何不四圍出遊，然後用文字與感官作紀錄。然而，在記憶裏固然沒有未見的地方，但曾經的從前沒有消滅。於是，我嘗試轉動地球儀，然後屏住呼吸，重新想像在異域中的過去，把記憶回溯，再次接觸縫隙中的情緒。然後，我終於想起，原來每次遠行，在旅途中段或尾聲，我都會開始想念自己的居處，想念住處的味道，想念慣性的生活節奏，想念貓，想念濃縮的奶茶，想念碧湛湛的海灣。而我所身處的地方，融進鮮活的空氣裏，又會演變出怎樣的光澤，在世途變化的狀況裏，我會怎樣鍾愛自己住處的燈火。

我也曾經以為，每趟行旅是體會新知的機會，在路途中必定忘卻原鄉的滋味，就如豢養神經般改變脈動的刺激。但原來，在途中拒絕新猷，減慢行程，從而在感受上像比較對得起原鄉的愛情。於是，我開始想起原鄉裏的人和事，然後肆意地有種速速回歸的湧動，內部轉動如發條，心頭彷彿一種巨大的失去，就如兀鷲在天葬場中啄食腐肉，不是誇張，我的確受不了過度悠長的旅程。除非有天我把所有工作拋開，決意在異域中建立新的生活模型，開展從未遇見的生活法度。

我把地球儀快速地運轉。在順轉和逆轉之間，在不斷轉動的地球與彊界，有一刻，我竟突然落入了異鄉與原居的交疊之中，漸漸地，甚至分不清地域的區間與勾連。突然發現，似乎沒有分什麼原鄉還是彼邦，原來根本沒有一處地方是純粹的。我才懂得，如果要安然地存在，探索世界不同的地域是必須的，因為我們始終在不停地異變，沒有永恆不變的我，也沒有一成不變的自己，那就固然沒有永恆不變的原鄉。世界在變我也是，只消看那裏才是命運的交界，讓世界與我，我與世界找到最理想的居庭，如果可以，我自覺非常願意旅居世界各地，在不同的國度體會風情，看看自己將會帶來怎樣的情緒幻化。所以，這正正就是好好細嚼自己本意的時候了，我要叩問自己的靈魂，無論身處什麼地方或境地，再次了解自己為了什麼情緒和想像活着，尋找生命歸屬之地，和那真正屬於自己，那永恆的國度。

後記

這就是反覆呢喃的年代記！

記憶很短暫，亦很悠長，有些刻意忘記，有些永生難忘，然而，我們都不擅長把記憶保存，有時開封，有時蓋好，其實只在乎當下。對於寫作人來說，文字可抵抗遺忘，卻又可促使忘卻，但無論如何，我們老早進入了資訊世紀，許多東西已有保存的辦法，唯有永存心裏的才覺珍重，所珍視的除了人情、地方或物件，還有對話、思考和哲理。加上，記憶本來就如頁碼錯亂，錯亂是隨機導致，還是有意識的結果，其實都可以，而有時錯亂更加唯美，唯美的瞬間，可幻化成宇宙。

《記憶的錯序》是個人第二本散文集，相較第一本《時間擱淺》已有五年了。曾以為自己會先出版小說而不是散文，然而在小說意念剛好成形之際，散文集又佔據了個人寫作的大部分時間。小說和散文本來存在於不同的海洋裏，而游離於散文與小說之間的微生物，又會是什麼？於是，散文中有了小說的水印，甚至詩，而將來的小說會否存有散文化或詩化的流動，且還未說得準。雖說奏議宜雅，書論宜理，銘誄尚實，詩賦欲麗，然而，至今文類的邊界就像比以往模糊，風格也不見得有必然的區分，若能隨心所欲，發以為文，用最舒服的語言說最通透的話，自己是自己文字的擁有者，那才是氣之能抒的緣由。更何況個人的散文根本不是什麼經國大業，不朽盛事，更多時候是感興而至，或生活迷困，或蟲聲引心，反正在自說自話。文字是個人最喜愛的媒介，如散文偶爾作為文友的談咨，其樂無窮。

感謝偉成的序，他是一絲不苟的作家、學者和編輯總監，請他寫序需要半年，全因他的序如學術論述，纖細而有致，然而這次沒有給偉成半年，他仍用心為小書作序，全因厚愛。感謝繁裕的序，他是作家、學者，還有是我們「文人籃球隊」的隊友，這次替小書作序，見他讀得細也寫得準，交出一次漂亮的助攻，很感謝繁裕。此外，感謝在封面聯名推薦的作家和學者，除了都是很好的文友，更是我的學習對象，能有此幸，不勝感激。

這次散文集終於出版了，終究是反覆呢喃的年代記，而眼前卻在想望小倉、小野和小澤這三頭黑鳶的去向。

二〇二四年五月三十日

記憶的錯序

陳志堅 著

責任編輯　葉秋弦
裝幀設計　簡雋盈
排　　版　楊舜君
印　　務　劉漢舉

出版　中華書局（香港）有限公司
香港北角英皇道四九九號北角工業大廈一樓 B
（852）2137 2338
（852）2713 8202
info@chunghwabook.com.hk
http://www.chunghwabook.com.hk

發行　香港聯合書刊物流有限公司
香港新界荃灣德士古道二二〇－二四八號荃灣工業中心十六樓
（852）2150 2100
（852）2407 3062
info@suplogistics.com.hk

印刷　美雅印刷製本有限公司
香港觀塘榮業街六號海濱工業大廈四樓 A 室

版次　二〇二四年七月初版

規格　三十二開（190 mm×130 mm）

ISBN　978-988-8862-24-5